Fritz Deutsch

Vater Matthäus

Fritz Deutsch

Vater Matthäus

Erzählung

Impressum

Bibliografische Information der Deutschen Nationalbibliothek:
Die Deutsche Nationalbibliothek verzeichnet diese Publikation in der
Deutschen Nationalbibliografie; detaillierte bibliografische Daten sind im
Internet über http://dnb.dnb.de abrufbar.

Herstellung und Verlag: BoD – Books on Demand, Norderstedt

ISBN: 978-3-7519-0281-6

Inhalt:

Vorwort

Herbst 2042, im Zug nach München. Ich komme von der Beerdigung von Dr. Peter Pollmann, Professor der Universität Bonn für alte Sprachen des östlichen Mittelmeerraumes, meines verehrten Lehrers und Freundes, des Mannes, dem ich nach meinen Eltern am meisten zu verdanken habe. Durch ihn bin ich heute da, wo ich immer hinwollte, auf einem Lehrstuhl für alte Sprachen. Ich habe ihn verehrt, habe ihn geliebt. Peter war mein Idealmann. Zusammen waren wir in der Türkei, haben jenen Kodex rekonstruiert, der heute als der früheste Kommentar zum Matthäus-Evangelium gilt. Dann überließ Peter mir unsere Ergebnisse, die die Grundlage meiner Habilitationsarbeit wurden. Peter gab mir alles. Peter war mein Idol.

Vor drei Jahren schrieb er mir, dass er krank sei und nicht mehr aktiv forschen und lehren könne. Er war emeritiert worden. Nun sei es an der Zeit, seine Erinnerungen aufzuschreiben. Ein Jahr später erhielt ich seine Notizen. Er bat nur, sie zu seinen Lebzeiten nicht zu veröffentlichen. Das könne ihm Schmerz bereiten. Ich erkannte den alten Text wieder, aber Peter hatte fast wie in ein Tagebuch seine Gedanken und Erfahrungen hinzu geschrieben. Danach wurden die Notizen seltener, persönlicher. Warum er sie mir schickte, blieb mir bis heute ein Rätsel.

Erst nach dieser Beerdigung sehe ich klarer. Er wollte seine Aufzeichnungen retten. Seiner Frau konnte er sie nicht geben, sie schien mir verbittert und hätte einiges darin gelesen, das ihre Bitterkeit noch verstärkt hätte. Nach der Beerdigung sagte sie zu mir: „Nun hat er mich zum zweiten Mal im Stich gelassen." Ihre Gefühle boten keine Grundlage dafür, seine Aufzeichnungen zu würdigen. Seiner Tochter Klara wollte er sie ebenfalls nicht geben. Mit ihren drei Kindern ist sie im Augenblick mehr als ausgelastet. Bleibt sein Sohn Paul. In der Beerdigungsmesse stand er am Altar. Aber dort stand kein trauriger Sohn, nach Körpersprache und Ausdruck stand dort ein Priester, der sich seines Sieges freute, selbst wenn es ein Sieg durch Tod des Feindes war. Denn Paul war sein Feind geworden. Seit Peters Aufenthalt in der Türkei war das Gespräch zwischen Vater und Sohn immer weiter abgerissen. Peter fand keinen Kontakt mehr zu dem Sohn, auf den er einmal so stolz war. Ihm sollte man den Nachlass seines Vaters anvertrauen?

So hat Peter mir den Text geschenkt. Und hier lege ich ihn vor. Es sind Gedanken eines Mannes, den ich liebte, und sie sollen nicht im Dunkel des Vergessens verschwinden. Der Zug fährt in den Bahnhof von München ein.

Ein Jahr später ist das Werk druckreif. In diesem Jahr habe ich noch manches gelernt, was Peter anging. Auch sein Sohn Paul hat mir aus seinem Tagebuch vorgelesen. Wenige Zeilen habe ich selbst am Ende dieses Manuskripts hinzugefügt. Auch sie werfen ihr Licht auf das Leben von Peter Pollmann. Ihm übergebe ich nun das Wort.

München 2043 Dr. Irmgard Nolten

Der Fund

Ein Donnerstag im Mai 2025, Antakya, Türkei. Irmgard und ich stiegen in den Jeep, mit dem uns Ali zu unserem Laborzelt an der Ausgrabungsstätte bringen sollte. Ali war unser Chauffeur, Helfer, Bewunderer, Aufmunterer. Ohne Ali waren wir in diesem staubigen Land, das noch die Narben des türkisch-syrischen Krieges trug, verloren.

„Hallo, Ali!"

„Hallo, Ali!"

„Hallo Miss Irmgard! Hallo Mister Peter! Guter Tag heute. Sie hoffentlich finden schöne Bilder. Dann bauen Sie ein Museum, viele Gäste kommen aus ganzer Welt, und Ali kann viele schöne Lira verdienen. Mister Peter, finden Sie heute ein schönes Bild!"

Wir würden heute wieder kein schönes Bild finden, und doch sollte der Fund dieses Tages sowohl mein als auch Irmgards weiteres Leben prägen.

Trotz Alis Fahrkünsten war es eine unangenehme Autofahrt, ehe wir im Grabungslager ankamen, einem primitiven Zeltdorf vor der Stadt, in das sich nur ein Mensch verirrt, der auf wichtige archäologische Funde hofft. Der einzige Lichtblick in diesem Lager war meine Assistentin Irmgard, deren Optimismus weder durch Sand noch durch Ungeziefer zu trüben war. Und von beiden gab es hinreichend viel in unserem Laborzelt.

Ich war als Spezialist für alte Sprachen in die Türkei gekommen, um alle bei einer Ausgrabung gefundenen Texte gleich vor Ort zu lesen und zu interpretieren. Irmgard war meine Assistentin, seit dem letzten Jahr war sie Frau Doktor. Als ich sie gefragt hatte, ob sie mit mir in die Türkei komme, um die neuen Ausgrabungen zu begleiten, hatte sie sofort zugesagt. Nach Jahren der Unzugänglichkeit wieder in diesem Gebiet nahe der Grenze zu Syrien forschen zu können, das wollte sich wohl niemand entgehen lassen. Nicht so freudig reagierten meine Frau und meine Kinder auf den Plan, für einige Zeit in die Türkei zu gehen. Helen wurde dadurch mit einem Mal alleinerziehende Mutter zweier pubertierender Kinder. Es würde für sie keine einfache Zeit werden. Dazu kannte sie Irmgard und wusste, welche Wirkung diese Art Frau auf mich haben kann.

Aber noch war bei dieser Ausgrabung nicht viel mehr Text gefunden worden als hier und da eine alte Inschrift, deren Übersetzung ich meiner Assistentin anvertrauen konnte. Man kann nicht sagen, dass mich die Arbeit überlastet hätte, eher der Staub und die Sonne und der niederdrückende Zustand dieser

Gegend nach dem Krieg. So hatte ich viel Zeit, zu viel Zeit, um nicht auf dumme Gedanken zu kommen, wie meine Frau am Telefon meinte. Abends pflegte ich im Gästehaus unseres Archäologenteams, das sich stolz „Hotel" nannte, Heimweh und Langeweile, tagsüber lungerte ich bei den Ausgrabungen herum in der Hoffnung, dass sich endlich etwas ereigne, wozu man mich brauchen würde.

Man schien mich im Grunde nicht zu brauchen. Das änderte sich vor zwei Wochen. Seitdem gab es täglich neue Scherben, manche mit Zeichen und Symbolen. Es ist, als hätten wir ein christliches Haus aus dem ersten Jahrhundert angegraben: Einige Steine trugen Zeichen, einen Davidstern oder das Bild einer Buchrolle, eines Fisches, eines Brotes. Und dann die Überraschung. Wir fanden einen Tontopf, und –

er war verschlossen. Das treibt einem Archäologen den Puls in die Höhe. Der Topf wurde an seinem Fundort vermessen, fotografiert. Dann, langsam, ganz langsam lösten wir ihn aus dem Untergrund und brachten ihn in unser Laborzelt. Dann standen alle darum herum, als es galt ihn zu öffnen.

„Finden wir jetzt den großen Schatz?" Irgendein Mitarbeiter musste eine solche Bemerkung machen.

Ausgräber wie wir hoffen immer auf den großen Schatz, träumen von einer Karriere wie der des Howard Carter, als er das Grab des Tut Ench Amun fand, und finden doch meistens nur Alltag.

Unser Ausgrabungsleiter selbst löste den Deckel und sah in den Topf. Darin steckte, verklebt und verbacken, ein dünner Kodex, eher ein Heft, wie sie damals die Händler benutzten, um ihre Geschäftsnotizen aufzuschreiben. Es waren etliche Bogen Papyrus, anscheinend mit ungelenken griechischen Buchstaben beschrieben. „Peter, das ist nun Ihre Arbeit, geben Sie sich dran, vielleicht enthält das Papier noch einige Hinweise. Ich bin gespannt, was auf diesen Bogen steht."

Mit einem solchen Fund hatte ich nicht gerechnet, als ich vor über einem Jahr nach Antakya in die Türkei kam, in das antike Antiochia. Und jetzt sind alle aufs äußerste gespannt, was diese Bogen enthalten. Haben wir endlich Textzeugnisse aus der frühesten Zeit des Christentums? Die Schicht, in der der Tontopf lag, konnten wir auf ungefähr 120 nach Christus datieren. So nahe kamen wir noch selten an die Anfänge der christlichen Kirche. Jetzt kommt es darauf an, was wir auf den Bogen finden. Aber ein Laborzelt war nicht der geeignete Ort, um einen so bedeutsamen Kodex zu entpacken. Hier waren die

Bedingungen eher geeignet, den Papyrus zu verderben.

Unverzüglich mieteten wir in Antakya einen Raum und richteten ihn als Labor ein, um dort den Papyrus zu untersuchen. Um es genau zu sagen: Ali besorgte uns einen geeigneten Raum und wir brachten unsere Ausrüstung dahin. Erst danach konnte unsere Arbeit beginnen.

„Dann wollen wir dem alten Topf zu Leibe rücken!"

Ich löste von dem alten Papyrus langsam die erste Seite ab und begann zu lesen. Irmgard sah mir zu. Und was ich dann las, das war eine Sensation.

„Irmgard, du glaubst nicht, was ich hier habe."

„So aufgeregt, wie du klingst, sicher Rechnungen über einen antiken Möbelkauf? Hast du den Nachweis gefunden, dass IKEA damals im antiken Syrien erfunden wurde?"

Wenn ich allzu aufgeregt wurde, kam von ihr diese Art von Humor.

„Blödsinn. Sieh einfach! Wenn es das ist, was ich vermute, dann haben wir hier einen Bericht über die Entstehung eines Evangeliums. -

Bist du bibelfest? Weißt du, welcher Evangelist hier in dieser Gegend geschrieben hat?"

Irmgard sah sich die Seite an, die ich schon herausgelöst hatte.

„Matthäus."

In den folgenden Tagen begannen wir damit, den Kodex, also das Heftchen aus Papyrus, Seite für Seite frei zu legen, eben soweit es noch möglich war. Es war eine mühsame und langsame Arbeit. Vieles war nicht mehr zu lesen, doch war genug übriggeblieben, um wenigstens einige Hauptgedanken zu erkennen. Den Rest mussten wir ergänzen. Wir lasen und staunten. Wird man die Theologie neu schreiben müssen? Schrieb hier jemand, der den Evangelisten Matthäus genau kannte? Sein Sohn?

Text 1

Als Vater unser Haus betrat, spürte man seinen Zorn, noch ehe man ihn selbst sah. Ich hörte Mutter sagen: „Wenn dich der neue Weg dieser Galiläer so sehr schmerzt, warum verlässt du ihn nicht einfach und gehst deinen eigenen Weg?" Vater sagte nur: „Nicht der neue Weg, der gerade nicht, aber was einige daraus machen." Mutter schwieg.

Später fragte ich ihn, was denn einige aus dem neuen Weg machten. „Es ist kein neuer Weg mehr." und dann: „Was neu sein wollte, das verbiegen sie so lange, bis es wieder der alte Weg ist. Allen Menschen sollte der Weg zum Himmelreich offenstehen, so soll der Rabbi Jesus gelehrt haben, und jetzt reden sie wieder von Beschneidung, von koscherem Essen, von Tallit und Tefillin. Und die ganz Frommen fragen schon wieder nach der Abstammung von Abraham, und dann beten sie einem die ganze Liste ihrer Vorväter herunter."

Wenn ich heute nach all den Jahren daran zurückdenke, dann beschleicht mich ein banges Gefühl, was wohl wäre, wenn man eines Tages diese Abstammung von Abraham gegen uns wenden würde? Was in die eine Richtung geht, das läuft auch in die andere.
„Stammen wir von Abraham ab?"

„Junge, das ist eine sinnlose Frage. Vielleicht, vielleicht nicht. Der Rabbi Jesus legte darauf wohl keinen sonderlichen Wert. Nicht, wo man herkommt, zählt, sondern wo man hingeht." [1]

„Und was willst du jetzt machen?"

„Ich werde aufschreiben, wie Jesus diesen Weg sah, alles, was man mir erzählt hat. Wenn man hier die Unbeschnittenen in der Gemeinde an den Rand drängt, kann ich es nicht ändern. Aber vielleicht kommt einmal eine Zeit, dann wird man wieder nachdenken, dann wird man wieder fragen. Hier und heute kann man nur noch resignieren. Vielleicht werden deine Kinder einmal nachfragen. Dann gib ihnen meine Antwort."

Ich musste lachen, als Vater meine Kinder erwähnte. Daran dachte ich damals noch nicht, obwohl mir schon die Hannah gefiel, aber sie durfte es auf keinen Fall bemerken, und erst recht nicht meine Eltern. Selbst jetzt noch überkommt mich ein Lächeln, wenn ich auf meine vielen Jahre mit Hannah zurückblicke, aber das ist eine andere Geschichte.

Vater kaufte sich damals also Papyrus und begann zu schreiben. Abendelang saß er da und schrieb, ging zwischendurch im Zimmer auf und ab und sagte vor sich hin, was er schreiben wollte.

---

[1] Siehe Mt 3,9.

„Es muss eine gute Ordnung haben", das war seine Antwort, wenn ich nach seinen Selbstgesprächen fragte.

Dann kam der Tag, an dem ich ihn fragte:

"Warum ist Ordnung so wichtig?"

„Als der Ewige die Erde erschuf, da lag eine riesige Unordnung vor ihm. Und der Geist Gottes schaute herab auf diese Unordnung. [2] Wir reden hier Griechisch, aber unsere alten Schriften sind in Hebräisch geschrieben, und da ist der Geist ein weibliches Wort. Und was wird sie wohl gesagt haben, die Gottesgeist?" Etwas Schalkhaftes blitzte bei dieser Frage in seinen Augen.

„Was hätte Mutter wohl gesagt? Na?"

„Hier muss dringend einmal aufgeräumt werden."

„Siehst du, und deshalb räumte der Ewige dieses ganze Chaos auf. Was wir Schöpfung nennen, das war ein einziges großes Aufräumen und Ausschmücken. Alles sollte seine gehörige Ordnung haben. Deshalb schuf er auch zwei Standbilder, die zeigen sollten, dass er alles gut geordnet hatte und dass er alles gut regierte, eben den Mann und die Frau. Als seine lebenden Bilder sollten sie die ganze Schöpfung beschützen und regieren. Das ging auch lange gut. Aber wir Menschen machten wieder Unordnung."

„Wieso?"

„Am sechsten Tag wurden die Tiere und dann die Menschen gebildet, aber schon bald erklärten die

---

[2] Siehe Gen 1,2.

Menschen, was am Nachmittag geschaffen sei, sei wichtiger als das am Vormittag Geschaffene. Und dann erzählten sie, wie Gott aus der Seite des Menschen ihm eine Gehilfin gemacht habe, doch nun sagen sie, was zuerst da gewesen sei, das sei das Wichtigere. Siehst du, immer produzieren sie ein System der Herrschaft und Überordnung, oder ein System der Ausgrenzung. Ein Nebeneinander scheint keine Ordnung für die Menschen zu sein."

„Du sprichst von Mann und Frau, und dass der Mann sich für wichtiger hält als die Frau?"
Hielt ich mich für wichtiger als Hannah? Ich glaube nicht. Aber die Leiter unserer Gemeinde sagten, dass es immer so sei. Was hatten sie erlebt, dass sie heute so dachten?
Vater hatte wieder das Blitzen im Auge:
„So sagen sie. Aber sag selbst, ist deine Mutter mir untergeben?"
Wir lachten. Vielleicht gab es zu allen Zeiten zwei Sorten Menschen, diejenigen, die einander beherrschten und unterwarfen, und die Liebenden, wie meine Eltern. Es gab Tage, da klang es aus einem Haus auf der anderen Seite unserer Straße gerade so, als gehörten sie zur ersten Sorte.

„Der Ewige, immer wieder versuchte er es aufs Neue mit den Menschen, und immer wieder machten sie seine Ordnung zunichte. Dann versuchte er es einmal mit nur einem einzigen Menschen. Der hieß Abraham, und Gott versprach ihm, ihn zu einem großen Volk zu machen. Ich stelle mir vor, wie sich der Ewige ganz behaglich gefühlt hat, wenn er den Abraham sagen hörte ‚Mein Gott', wenn er die Opfer sah, die Abraham ihm brachte. Abraham, das war sein Freund, das war der neue Anfang. Aber auch Abraham verstand die Ordnung Gottes nur halb. Stell dir vor, eines Tages glaubte er, Gott einen Gefallen zu tun, wenn er ihm seinen eigenen Sohn als Opfer schlachtete. Wenn Gott nicht schnell eingegriffen hätte, wäre es um dieses Kind geschehen gewesen, und damit auch um das ganze Volk."

Sein eigenes Kind opfern, seit ich ihn zum ersten Mal hörte bis auf den heutigen Tag erschaudere ich bei diesem Gedanken. Als Junge wusste ich noch nicht, wie häufig gerade das vorkommt, dass Menschen meinen, Gott einen Gefallen zu tun, wenn sie etwas zerstören. –

Meine Eltern kamen mir zwar immer als sehr fromm vor, aber so etwas würden sie sicher nicht tun. Damals dämmerte mir zum ersten Mal, wie zerstörerisch selbst Frömmigkeit sein kann.

Vater scheint mein Erschrecken nicht bemerkt zu haben, denn er fuhr fort:

„Na ja, so groß wurde dieses Volk dann nicht, aber es hatte einen Bund mit Gott, es kannte seine Weisungen. Es hätte alles so schön ordentlich werden können. Aber dann kam einer auf den Gedanken, dass die Leute aus diesem Volk besser seien als die anderen Menschen. Andere widersprachen und meinten, die Aufgabe des Abraham-

Volkes sei es, allen Menschen ein Vorbild zu sein. Am Ende zankten sie mit einander und ebenso mit allen anderen. Da kamen die Römer und zerstörten ihr Land, ihren Tempel, und zerstreuten sie in die ganze Welt. Das hatten sie davon."

„Gehören wir zu diesem Volk?"

„Ja. - Aber in unseren Tagen machte der Ewige wieder einen Neuanfang."

„Du meinst das mit diesem Jesus?"

„Ja."

„Und werden die Menschen sich dieses Mal an die Gottesordnung halten?"

„Ich glaube nicht", Vater klang resigniert, „vielleicht Einige, vielleicht ein paar mehr als beim letzten Mal."

„Und für die schreibst du alles auf?"

„Mein gescheiter Sohn, ja, genau für die. Es darf nicht sein, dass am Ende nur die Stimme der Unter- und Überordnung überlebt."

Vater schrieb also weiter, Abend für Abend. Er schrieb nicht nur über die neue Ordnung Gottes, er schrieb alles auf, was er über den Rabbi Jesus gehört hatte. Jesus war sein Freund, ihn wollte er verstehen, und das war oft nicht einfach.

Ordnung

Wer kann eine alte Schrift lesen, ohne darüber nachzudenken? Seit ich in dem Kodex gelesen hatte, dass Gott die Erde aufgeräumt habe, ging mir dieser Gedanke nicht aus dem Kopf. Ein Gang zum Markt zeigte mir die ganze Wuseligkeit orientalischen Lebens. Das sollte Ordnung sein?

Irmgard schien es ähnlich zu ergehen, denn abends fragte sie mich:

„Hat Gott die Welt wirklich geordnet?"

„Unser Autor glaubt es zumindest. Du meinst aber, es gebe noch zu viel Unordnung?"

„Manchmal scheint es mir so zu sein. Aber dann sehe ich: Selbst die Unordnung hier hat etwas von einer heimlichen Ordnung an sich. Hier gibt es viel Chaos, damit kann man fest rechnen. Doch selbst das Chaos ist irgendwie geordnet."

„Man müsste wissen, welche Ordnung Gott meinte, als er die Welt ordnete."

Das Gespräch machte eine Pause. Welche Ordnung? Auch der Bazar hatte seine Ordnung. Selbst das Gefälligkeitswesen war geordnet, du gibst, du bekommst. Es gab hier nicht die Regelung unserer deutschen Gesellschaft, hier gab es orientalische Ordnung. Welche Ordnung war besser?

Ich erinnere eines Spaziergangs mit Helen. Im Wald gerieten wir an einen kleinen See, in einer Senke, umgeben von Felsen voller Moos und Farn. Vor uns lief Wasser einen der Felsen herab, fiel kleine Strecken, rieselte durch Moosbärte, murmelte, platschte, sammelte sich endlich in dem See, blieb aber nicht dort, sondern floss in einem flachen Bächlein weiter zu Tal. Alte Buchen hüllten den Platz in zartgrünes Licht. Wäre jetzt eine Fee, ein Faun erschienen, es hätte mich nicht verwundert. Helen war ganz leise. Meine Gefühle an diesem Ort könnte ich religiös nennen. Es waren keine theologischen Gefühle, sondern eine Andacht, die von dem Ort ausging, als sagte einer: „So ist es gut."

Als Helen eine Weile zur Seite ging, schaute ich dem Wasser im kleinen Bächlein zu. Da sah ich es: Hinter einer Biegung bildete sich ein Wirbel, drehte das Wasser im Kreis, nahm ab und zu ein Blättchen Laub mit, drehte sich – und verschwand. Nun floss das Wasser wieder geraden Weges seine Bahn, bis nach wenigen Atemzügen sich wieder ein Wirbel bildete, sich drehte und drehte und wieder verschwand. Minutenlang sah ich dem Spiel des Wassers zu, dass immer an derselben Stelle einen Wirbel bildete und ihn wieder auflöste. Hier sah ich eine Ordnung besonderer Art, die Ordnung des

Lebens, das keinen Stillstand kennt, aber auch keine Gleichförmigkeit.

Erst jetzt ging mir auf, dass selbst die Felsen, die den kleinen See umstanden, ihre Ordnung hatten. Ihre Bänderung zeigte sie an, eine kristallene Ordnung, fest wie für die Ewigkeit – wenn es nicht das Wasser gäbe, das selbst den Stein wieder verändert nach ordentlichen Regeln und Gesetzen.

„Ich glaube, wir müssen Ordnung anders denken."

„Wie meinst du, ordentliche Unordnung?" Es klang ein wenig ironisch.

„Ja, das ist das Wort. Es ist die Ordnung des Lebendigen, die Gott immer wieder schafft. Die Starre des Kristalls gehört den Steinen, das Tosen der Brandung dem Wasser, den Menschen gehört die Ordnung des Lebens, weder Chaos noch Starre."

„Also eine Gesellschaft zwischen Unordnung und Zwangsordnung, zwischen Bürgerkrieg und Diktatur. Aber sind es nicht gerade Religionen, die nicht satt werden, feste Ordnungen zu fordern?"

„Ja. Aber wenn sie ihren Anhängern eine zu harte Ordnung auferlegen, wenn sie bestimmen wollen, wo eines jeden Platz ist, dann brechen die Leute früher oder später aus dem religiösen Korsett aus. Erleben wir das nicht in unserer Zeit? Du bist doch katholisch. Orientierst du deine

Lebensentscheidungen an den Geboten deiner Bischöfe?"

„Selten, aber ich treff auch keine willkürlichen Entscheidungen. Es sind die unausgesprochenen Regeln, die Vieles in meinem Leben entscheiden."

„Die Ordnung des Wassers. Strudel bilden sich und vergehen, Wellen entstehen und verlaufen wieder, selbst der Wasserfall ist kein Chaos, und ein tropfender Wasserhahn hat einen Rhythmus."

„Jetzt wirst du kryptisch. Machen wir Schluss für heute und gehen durch die Unordnung des Straßenverkehrs, die doch eine heimliche Ordnung sein soll, in unser Grand-Hotel." Sie klang wieder etwas spöttisch. Ihr fehlte halt die Lichtung, der Felsen, der See. Hier in Ankyra erwartete ich weder Fee noch Faun. Aber morgen wartete wieder ein Text auf mich, vor langer Zeit geschriebene Gedanken, die neu in unsere Zeit strömten, in meinem Kopf wirbelten, ehe sie weiter flossen, hinter sich kaum merkbare Spuren, solange man in unserer Zeitskala denkt.

An die Öffentlichkeit

Sobald wir die ersten Seiten gelesen hatten, schrieben wir einen kurzen Bericht über den Fund dieses Kodex, über seinen Fundort, das antike Antiochia, die Fundschicht, die wir auf die Zeit um 120 nach Christus datierten, und über die Ruinen, die wir für Mauerreste eines christlichen Hauses hielten. Wir erwähnten, dass wir den Kodex für die Aufzeichnungen eines Mannes halten, dessen Vater an einem weit bedeutenderen Werk geschrieben habe, vielleicht sogar an einem der bekannten Evangelien. Das wir diesen Vater für den Evangelisten Matthäus hielten, wagten wir noch nicht zu publizieren, das war noch zu spekulativ. Dennoch deuteten wir etwas zum Inhalt an. Offensichtlich lag dem Vater unseres Autors sehr an der Gleichberechtigung von Mann und Frau sowie daran, dass Jesus das Heil für alle Menschen bringen wollte und nicht nur für jene kleine Gruppe, aus der erst später eine Kirche werden sollte. Der Bericht erschien in der Archeological Review, einer Fachzeitschrift, wie erwartet mit nur geringer Resonanz unter den Fachkollegen. Aber irgendwie fand die Nachricht doch ihren Weg in die Öffentlichkeit.

Hamburg, Dienstag 9.15 Uhr, Redaktionssaal des BRENNGLAS.

Die Chefs der Abteilungen saßen um den langen Tisch herum, vor sich eine Tasse Kaffee, die Damen einen Tee, der Sportredakteur ein Mineralwasser. Einige kauten schon an Nüssen, die zum Knabbern bereitstanden. Daneben zwei Sekretärinnen mit Notizblöcken. Was hier besprochen wurde, das war das nächste Heft des BRENNGLAS, jener Wochenzeitung, die die Republik darüber aufklärte, was im Land nicht so lief, wie es sollte, also das moralische Gewissen der Bundesrepublik. Hier wurde bestimmt, wer zu den Guten gehörte und wer nicht.

Der Chefredakteur trat ein:

„Guten Morgen Leute! Sind wir vollzählig?"
Eine überflüssige Frage.

„O, Frau Düsterholt, ein neues Kleid. Très chic."
Er legte sich Papier zurecht, setzt sich.

„Dann wollen wir mal! - Was gibt es in der Politik?"

„Die SPD existiert noch," gelangweiltes Gelächter, „und die Rechten werden immer fetter. Die Leute wollen ihre einfachen Lösungen glauben. Da wird selbst ein Widerspruch zur Bestätigung. Im Moment gibt es für uns da keine erkennbare Chance, etwas auszurichten."

„Recherchieren sie tiefer!"

„Ja. Ansonsten der übliche Sommerloch-Brei. Jeder Hinterbänkler meldet sich derzeit wieder zu Wort. Genug für den politischen Teil. Wir können ein Interview mit dem Vertreter der Generalsekretärin der CDU bekommen. Der hat jetzt Stallwache und freut sich, wenn er etwas gefragt wird."

„OK – und die Kultur?"

„Die üblichen Festivals, da gibt es genug zu berichten. Allerdings fand ich in der Acheological Review einen Artikel eines Bonner Professors, man habe bei einer Ausgrabung in der Türkei einen alten Papyrus aus der Anfangszeit der Kirche gefunden. Viel Fachchinesisch, es sieht nicht nach einer Nachricht aus."

„Kirche sagen Sie, und alter Text. Daraus kann man etwas machen. Wir wollen doch die Leute aufklären. Haben Sie die Bestätigung des Artikels durch den Autor?"

„Der Autor ist ein Professor Pollmann aus Bonn. Ich werde ihn anrufen. Koautorin ist eine Dr. Irmgard Nolten. Notfalls kann auch sie den Artikel bestätigen."

„Schön. Dann legen Sie einmal los. Ein alter Text gefährdet immer die Lehre der Kirche, im Vatikan herrscht Panik, und so weiter. Die Rechten reden wohl schon von Fälschung. Bei Ihren Kontakten sollte es doch da jemanden geben, der sich so äußert. Die katholische Paranoia sieht doch hinter jedem

abweichenden Gedanken den bösen Feind am Werk.
Suchen Sie!"

„Sie meinen, das reicht für einen Artikel?"

„Klar, und nicht nur für einen. Sie haben doch einen
Praktikanten? Ist der katholisch?"

„Ich glaube, ja."

„Gut, dann soll er gleich einen Leserbrief gegen
Ihren Artikel schreiben! Und der andere Praktikant?"

„Der ist in meiner Abteilung", der Sportredakteur.

„Schön, der will doch sicher nicht nur Sportberichte
schreiben. Soll einen positiven Leserbrief verfassen.
Nicht zu detailliert. Wichtig ist, dass er den Ton der
Kirchenkritiker trifft. - Sie werden sehen, das
verschafft uns über Wochen eine Debatte, gerade das
Richtige fürs Sommerloch."

„Ist das nur ein katholisches Thema?", die Leiterin
der Abteilung für Gesundheit und Lebensberatung.

„Nein, ganz und gar nicht, auch die protestantischen
Fundamentalisten werden auf die Barrikaden gehen,
aber die sind schlechter zu packen. Der Vatikan ist ein
prägnanteres Gegenüber. Deshalb sollten wir bei ihm
ansetzen. Sollte er es dementieren, was ich für sehr
unwahrscheinlich halte, dann haben wir hoffentlich
genügend Leserbriefe, die das Thema dennoch
wachhalten."

„Und was steht eigentlich in dem alten Text?" Die
Gesundheits-Dame, wie ihre Kollegen sie nannten,
mochte nicht so schnell aufgeben.

„Herr Kollege, was steht in dem Text?", der Chefredakteur.

„Nun, wie es aussieht hat man einen Kodex gefunden. So nennt man diese Art Text. Und der Kodex wirf möglicherweise ein Licht auf die Entstehung des Matthäusevangeliums. Aber so genau schreiben es die Autoren noch nicht. Sie wollen zuerst einmal den ganzen Kodex rekonstruieren und lesen. Dann werden sie wohl mehr dazu schreiben."

„Rufen Sie unbedingt an! Sie können jedes Detail brauchen, das man jetzt schon sagen kann. Und es wäre fatal, wenn wir uns auf eine falsche Fährte locken ließen. Also anrufen! - Aber ich bin mir sicher, der Kodex, wie Sie ihn nennen, wird die ängstlichen Gralshüter der reinen Lehre aus ihren Löchern locken. - Vielleicht rufen Sie im Kölner Ordinariat an. Die wissen vielleicht noch gar nichts von dieser Entdeckung."

Das Thema war abgehandelt, die Sitzung nahm ihren Verlauf.

Text 2

Wenn ich heute lese, was Vater damals geschrieben hat, dann schwanke ich zwischen Bewunderung und Unverständnis. Manches ist so schön, was Jesus gesagt hat, etwa wenn er seine Freunde lehrt, wie sie mit Gott reden können, oder seine kleinen Geschichten. Doch an anderen Stellen frage ich mich, ob das immer sinnvoll ist. Mir scheint, Jesus konnte nicht nur gut erzählen, er konnte auch gut übertreiben. Aber das sagte ich Vater nicht.

Vater las mir von Zeit zu Zeit aus seinem Buch vor. Dann fragte er jedes Mal:

„Wie verstehst du das?"

Es war, als müsse er sich versichern, dass ich es verstehe, weil dann auch andere es verstehen könnten. Wenn es nicht allzu übertrieben daherkam, dann beruhigte ich ihn,

„Ja, das habe ich verstanden."

So fragte er mich eines Abends:

„Was hast du über die Schöpfung der Welt gelernt?"

„Im Anfang schuf Gott Himmel und Erde. Die Erde war wüst und wirr und Finsternis lag über der Urflut und Gottes Geist schwebte über dem Wasser." [3]

---

[3] Gen 1,1-2.

„Gut", unterbrach mich Vater, „nun hör, was ich über die Geburt Jesu geschrieben habe: ‚noch bevor sie zusammengekommen waren, zeigte sich, dass sie ein Kind erwartete - durch das Wirken Heiligen Geistes.' [4] - Wie verstehst du das?"

„Es ist wie damals. Noch bevor die Menschen etwas tun, wirkt der Geist Gottes."

„Eben. Gott macht einen neuen Anfang. Sein Geist sieht herab auf die ganze Unordnung, und jetzt muss der Ewige etwas tun."

„Du meinst, die Leute sehen das, wenn sie deine Geschichte lesen?"

„Wie sollen sie es denn sonst sehen?"

Sooft ich zurückdenke, dann erschrecke ich, wie sehr mir schon damals vor Augen stand, wie man diese Geschichte missverstehen könnte. Nicht der Neuanfang des Höchsten würde im Mittelpunkt stehen, sondern die Zeugung eines Götterkindes wie in den griechischen Geschichten, die wir in der Schule gelesen haben. Es würde nicht der Beginn einer neuen Welt sein, nein, man wird sich auf das Buch meines Vaters berufen, um aus Jesus einen zweiten Herakles zu machen, einen Halbgott, der die Welt durch Wunder und Machttaten verblüfft, ehe Zeus ihn in den Himmel ruft und ihn unsterblich unter die Sterne setzt.

---

[4] Mt 1,18.

Vater aber ließ sich nicht entmutigen. Er schrieb auf, was geschehen war, und streute seine Erklärungen in die Geschichte hinein wie kleine Blumen, die nur der pflücken würde, der sie suchte. Die meisten seiner Leser, das weiß ich heute, suchen nicht. Sie glauben ihren Lehrern und verlassen sich auf deren Wort. Das soll ihnen reichen. „Nicht durch Denken, nur durch Glauben wirst du gerettet", so tönte erst neulich ein Wanderprediger. Und in meinem Herzen ergänzte ich: ... und durch Spenden für den frommen Mann. Aber ich sagte es nicht.

Ich fragte meinen Vater:
„Hatte Gott nicht schon mit Abraham einen neuen Anfang gemacht?"
„Ja, und nun höre, was ich aufgeschrieben habe: Es beginnt mit ‚Stammbaum Jesu Christi, des Sohnes Davids, des Sohnes Abrahams' [5] und so weiter und so weiter, und nun: ‚Jakob war der Vater von Josef, dem Mann Marias; von ihr wurde Jesus geboren, der der Christus genannt wird.' [6] "
„Also ist Jesus doch ein Sohn Abrahams? Gibst du mit deinem Stammbaum nicht denen in unserer Gemeinde Recht, die die Heiden beschneiden wollen, - also, dass Jesus doch irgendwie von Abraham abstammen muss?"
„Jesus ist beides zugleich, Kind, er ist ein Sohn Abrahams, er trägt den ganzen Abrahamssegen weiter, und er ist doch

---

[5] Mt 1,1.
[6] Mt 1,16.

ein Neuanfang Gottes. Deshalb endet die Liste der Vorfahren bei Josef, verstehst du das, von Jesus aber schreibe ich, dass Maria ein Kind erwartete durch das Wirken Heiligen Geistes. [7] Das ist der Neuanfang."

„Aber das werden sie nicht verstehen."

„Es gibt eben viel mehr Kinder Abrahams als diejenigen, die geradewegs von ihm abstammen. -

Schau, dann schreibe ich, dass Josef mit seiner Frau keinen Geschlechtsverkehr hatte [8]. Wie soll ich es denn noch sagen, dass Gott aus dem Stamm Abrahams völlig neue Äste treiben lässt, die aber nun überall auf der ganzen Erde empor sprießen?"

Vater wiegte seinen Kopf. Was sollte er noch schreiben, denn er wollte weder das Alte verraten noch das Neue verhindern. Für ihn kam aller Gottessegen von Abraham, aber nun lief dieser Segenstopf über, lief der Segen über die ganze Erde. Ach, wie gerne hätte er es gesehen, wenn alle diesen Segen angenommen hätten. Aber nicht einmal die direkten Nachkommen Abrahams nahmen ihn an, und die vielen anderen? Die einen verweigerten sich ihm, den anderen wurde er verweigert. Vater rang mit dieser Frage, bis er schließlich schrieb: ‚Gott kann aus diesen Steinen dem Abraham Kinder machen' [9].Vater glaubte an den Neuanfang.

---

[7] Mt 1,18.
[8] Mt 1,25.
[9] Mt 3,9.

Doch wenn ich das heute meinen Kindern erklären will, dann fehlen mir die Worte. Vaters Buch wird vielerorts in unserer Gemeinschaft des Neuen Weges vorgelesen, aber verstehen wir es? Verstehen wir, wie mit Jesus eine neue Schöpfung beginnt? Es bleibt so sehr alles beim Alten. Wieder wollte der Geist Gottes Ordnung schaffen, doch wir halten immer noch sehr an der alten Unordnung fest. Wir trennen immer noch zwischen Heiden und Juden, zwischen Vorgesetzten und Untergebenen, zwischen Männern und Frauen. Und gerade bei dieser letzten Trennung hat Vater sein Meisterstück geschrieben:

In der Schule haben wir gelernt, dass die Frau von Gott aus der Seite des Mannes geschaffen sei. Und schon bald haben die frommen Lehrer gelehrt, deshalb sei sie dem Mann untergeben, den von ihm sei sie schließlich genommen. Und was schreibt Vater? Jesus, der neue Mensch, wird von Gott aus der Frau geschaffen, ohne Zutun des Mannes. Es ist also genau umgekehrt, als wir es in der Schule gelernt haben. Vater war einfach gut.

Wiederum fragte ich meinen Vater:
„Soll nun der Mann der Frau untertan sein?"
„Nein", antwortete er, „keiner soll dem Anderen untertan sein. Unter den Nachfolgern Jesus soll es keine Grenzen geben, auch keine geschlechtlichen."
„Und du meinst, das setzt sich durch?"
„Ja, das glaube ich. Aber es wird lange brauchen, sehr lange. Sieh, Sohn, zuerst einmal werden sie die Jungfräulichkeit als gottgewollt hoch loben. Sie werden

vergessen, dass am Anfang Gott Mann und Frau als gegenseitige Hilfen geschaffen hat. Sie werden vergessen, dass Gott das Geschehen zwischen Mann und Frau nicht nur zur Fortpflanzung gemacht hat, auch zu einem kleinen Trost in einer ansonsten sehr mühsamen Welt, zu einem Fensterchen in eine neue, frohere Welt."

Ich denke an Hannah, an die vielen Jahre unserer Ehe. Manchmal war es hart gewesen, aber manchmal war unser Zusammensein ein Fensterchen in eine neue Welt. Drei Kinder haben wir, dazu noch zwei Mädchen. Dann wurde Hannah krank, es gab keine Möglichkeit mehr für weitere Kinder. Es dauerte lange, bis wir eine neue Form gefunden hatten für unsere Zärtlichkeit. War Josef, der sich seiner Frau enthielt, für uns ein Vorbild?
Als ich diese Frage meinem Vater damals stellte, sagte er nur:
„Auch du verstehst es also nicht."
Tiefe Trauer lag in seinen Worten.
„Wie hätte ich es denn sonst sagen sollen, dass der Segen des Abraham auf alle Menschen übergeht, unabhängig von Zeugung und Geburt, auf alle Menschen eben?"
Wenn ich heute darüber nachdenke, verstehe ich ihn besser. Längst gibt es die Ausgrenzungen auch in unserer Gemeinde. Wir seien das neue Volk Gottes, sagen unsere Führer. Was heißt das anderes als, die da draußen sind kein Gottesvolk. ‚Die Frau soll in der Kirche schweigen' [10],

---

[10] 1Kor 14,34.

sagen sie, also doch eine Unterordnung der Frauen unter die Männer? Und für mich ist es das Schlimmste, sie meinen, damit Gott einen Gefallen zu tun, sie reden andauernd vom Willen Gottes

Mir bleibt nur Vaters Buch und die Erinnerung daran, dass mein Vater damals schrieb, wie Gott es gemeint habe mit der neuen Ordnung.

Die ferne Familie

Immer wieder muss ich die Abschnitte lesen, in denen der Sohn des Matthäus erklärt, wie wichtig seinem Vater es war, dass alle Christen untereinander gleichberechtigt seien. Der Gedanke ist so schön, und die heutige Wirklichkeit meiner Kirche scheint mir von dieser Meinung meilenweit entfernt zu sein. Ahnte das der Schreiber des Kodex?

Manchmal habe ich beim Lesen die Vorstellung, als schaue er mit Sorge in eine Zukunft, in der die christliche Kirche in großen Worten von der Gleichheit aller Christen spricht, und in ihrem alltäglichen Tun alles fördert, was die Menschen einander über- und unterordnet. In meiner Kirche, so scheint mir, sind längst nicht mehr Vertrauen und Liebe die Haupttugenden, sondern es ist der Gehorsam. Anderes zu denken als die kirchlichen Oberen, das ist kein Problem, aber sobald ich Anderes ausspreche, anders lebe, als sie mir gebieten, sobald ich also ungehorsam bin, dann bin ich der Gegner. Hatte das der Sohn des Matthäus damals schon geahnt?

Vor einigen Jahren regte sich der Widerstand der kirchlichen Unterschicht, man sah es an einer

Bewegung wie ‚Maria2.0‘, in der Frauen verlangten, dass die verkündigte Gleichheit sich in Taten der Gleichheit ausdrücken sollte. Aber „es gibt nichts Neues unter der Sonne" [11]. Wie schon im Altertum und danach immer wieder griff eines Tages der Staat die Kirche an, seine ewige Widersacherin, wenn es um Macht über die Gedanken der Menschen geht. Dieses Mal ging es wieder einmal um die kirchlichen Schulen und ihre Finanzierung. Nun war die „Mutter" in Gefahr, und alle mussten zusammenstehen, um sie zu unterstützen.

Nun ja, die Bischöfe waren zuerst einmal sehr still. Wir waren es von ihnen schon aus der Vergangenheit gewohnt. Eine öffentliche Stellungnahme erschien ihnen vorerst überflüssig. Die Gläubigen würden auch dieses Mal das kirchliche Anliegen unterstützen. Angesichts des staatlichen „Angriffs" galt es nun, zuerst die Kirche zu retten, danach könnte man immer noch die inneren Strukturen klären. Für die Frauenfrage war es der Todesstoß. Wer lässt schon wegen kleinlicher Machtfragen seine Mutter im Stich, wenn sie in Not ist, wer will schon den inneren Frieden stören, wenn alle zusammenhalten müssen? Alle Fragen der Gleichheit in der Kirche wurden hintangestellt. Am Ende kamen

---

[11] Koh 1,9.

die Bischöfe mit dem Staat zu einem Kompromiss. Die Frauenfrage hatte sich erledigt.

War es nicht von Anfang an so? Der äußere Druck auf die junge Kirche ließ ihre Strukturen denen des Staates immer ähnlicher werden. Es entstanden Hierarchien, Vollmachten, Ämter, es entstand jene Kirche, die wie ein zweiter Staat fortan um die Macht über die Menschen und ihr Denken mit dem ersten Staat ringen würde, und die diesen Kampf doch nicht gewinnen konnte.

Meine Frau sagte mir am Telefon, das BRENNGLAS habe einen Artikel veröffentlicht ‚Die Wahrheit über Jesus‘, der zwar nicht das enthielte, was ich ihr erzählt hatte, aber ganz offensichtlich über unseren Fund berichtete, nicht ohne die üblichen Klischees daran zu hängen, im Vatikan herrsche Panik, denn jetzt sei erwiesen, dass die bisherige christliche Bibelauslegung eine Fälschung sei. Die christliche Lehre müsse von Grund auf neu geschrieben werden.

„Jetzt fehlt nur noch, dass Dan Brown deinen Fund mit einigen Leichen spickt und daraus einen dicken Roman kocht“.

„Was steht denn sonst noch in diesem Artikel?“

„Ich lese dir einige Stellen vor: ‚christliche Schreibstube in der Türkei entdeckt‘ oder ‚Verbot des Frauenpriestertum widerspricht der ursprünglichen christlichen Lehre.‘ Sogar den alten Loisy-Spruch wärmen sie wieder auf, Jesus habe das Reich Gottes gepredigt, aber es sei die Kirche gekommen."

Solches Ausschlachten eines wissenschaftlichen Berichts zum Zweck der Journalistik lässt sich wohl kaum vermeiden. Was ich nicht ahnte, war der Gegenwind, der mir nach dem BRENNGLAS-Artikel über unseren Fund ins Gesicht blies. Für manche Christen war ich kein Übersetzer mehr, ich avancierte zum leibhaftigen Antichristen, vor dem jeder gute Christ sich zu hüten habe.

Vor allem unseren Sohn Paul scheint es hart getroffen zu haben. Sein Religionslehrer Pater Ansgar brachte den Artikel mit in den Unterricht, sein Kommentar war vernichtend: kirchenfeindlich, spalterisch, protestantisierend.

„Und ich dachte immer, du kämst aus einer katholischen Familie. Man kann sich täuschen."

Paul traf das desto härter, als sein Religionslehrer in dieser Zeit der Selbstfindung für ihn eine moralische Autorität geworden war.

„Hat Pater Ansgar denn sein Urteil begründet?"

„Paul hat nichts davon erzählt."

„Oder hat er vorher mit dir gesprochen?"

„Nein."

Aus meiner Jugend kannte ich solche Priester, die alle Wahrheit kannten und auf Abweichungen von ihrer Meinung nur aggressiv reagieren konnten. Sie lebten noch in einer Welt, in der die Weihe alle notwendigen Einsichten vermittelte, ein Studium war zwar schon damals Pflicht, aber in ihren Herzen empfanden sie es als reichlich überflüssig. Einer der freundlichsten drückte es einmal so aus: ‚Wir katholischen Theologen haben nicht zu forschen, wir haben Argumente zu suchen, die die Lehrmeinung des obersten Lehramtes unterstützen.' Mir kam das damals als blanker Relativismus vor, ich wusste noch nicht, dass „Relativismus" einer der ärgsten katholischen Vorwürfe gegen eine Theologie waren.

„Ich werde demnächst einmal mit Paul telefonieren."

Dreitausend Kilometer von Zuhause blieb mir nicht viel anderes übrig.

Hier in Antakya wartete auf mich meine Arbeit, Seite um Seite aus den Verklebungen der Jahrhunderte herauszulösen und dann ihren Textinhalt zu rekonstruieren.

Juni 2025, Pauls Tagebuch:

Mein Vater. Ich weiß nicht, wie er mir entglitten ist, wie er mir immer fremder geworden ist. Dabei sind die Erinnerungen so schön, unsere gemeinsame Wanderung zur Tomburg, seine Aufmunterung, als mir der Weg zu lang wurde; mein erstes Flugzeugmodell. Als ich daran baute, half er mir so, dass ich am Ende überzeugt war, ich hätte es ganz allein gebaut. Heute sehe ich seine Hilfestellung besser. Ich liebte meinen Vater und frage mich heute, warum ich ihn nicht mehr so lieben kann wie es der kleine Junge früher konnte. Immer fühle ich mich zwischen Vater und Mutter hin und her gezerrt, aber meine Mutter braucht mich mehr, gerade jetzt, wo Vater weit weg ist, und sie mit allen Problemen allein dasteht. Habe ich einen Mutterkomplex? Aber gehört es nicht dazu, wenn man ein Mann werden will, dass man lernt, den Schwachen beizustehen. Und Mutter, ich kann es nicht übersehen, sie ist die Schwächere, allein gelassen, krank, überfordert. Nun kommt es auf mich an.

Eigenartig, dass Klara in diesen Überlegungen nicht vorkommt. Aber Klara ist keine Hilfe, sie hängt bei ihren Freundinnen herum. Ob sie einen Freund hat? Egal, hier zu Hause fällt sie aus, ganz Vaters Tochter.

Werde ich bitter? Oder ist es einfach die Wahrheit?

Klara am Telefon

„Hi, Paps!"

„Hallo, Klara. Na, wie geht es dir?"

„Hat Mama gesagt, du sollst einmal mit mir reden?"

Helen hatte vorgeschlagen, ich sollte einmal mit ihr sprechen, aber nun schien deutlich mehr Druck im Kessel zu sein, als ich nach den Worten meiner Frau vermutet hätte. Ich wollte ehrlich sein:

„Ja, Mama schlug vor, ich sollte mal mit dir reden. Sagte aber nicht, worüber. Habt ihr Stress?"

„Die nervt."

„Mütter müssen nerven. Meine Mutter tat das auch. Aber jetzt erzähl mir einmal, warum sie dich nervt."

„In der Schule läuft es gerade nicht so ganz rund."

„Hm."

„Ja, - in Mathe bin ich etwas abgesackt. Demnächst hat Mama einen Termin bei meiner Lehrerin. Aber ich versteh Mathe einfach nicht. So wie die das erklärt, kann das doch kein Mensch kapieren."

„Mathe heißt also das Problem?"

„Ja, nicht nur, in Physik geht es auch nicht so besonders, und Englisch war noch nie meine Stärke."

Uff, da schien eine ganze Schulkarriere ins Wackeln geraten zu sein. Klar, dass Helen sich Sorgen machte. Die üblichen Untertreibungen eingerechnet war wohl die Versetzung in Gefahr. Und ich bin hier in der Türkei. Ob es mit meiner Abwesenheit zu tun hat?

„Mädchen, nun hör einmal: Plötzlicher Leistungsabfall hat seine Gründe. Hast du Sorgen?"

„Nein. Wie sollte ich. Mama meint auch immer, das hätte einen Grund, ich sei so unkonzentriert in letzter Zeit, es läge wohl an Erik. Aber an Erik liegt es nicht."

„Langsam. Hab ich da etwas nicht mitbekommen? Wer ist denn jetzt Erik?"

„Ach Paps, der ist so süß. An ihm liegt es ganz bestimmt nicht."

„Mag sein. Aber wer ist Erik?"

„Erik geht in die 12. Und er sieht ganz toll aus, - und mag mich."

Ich konnte es richtig hören, wie sie strahlte. Verliebt. Da blieb für die Schule wohl keine Zeit mehr.

„Und was meint Mama zu Erik?"

„Die ist doch nur neidisch. Ich hab meinen Freund hier, und sie ihren Mann in der Türkei."

Da hatte ich mein Fett weg.

„Wieso meinst du, sie sei neidisch?"

„Redet so Zeug wie: zu jung, erst einmal Abitur machen, das Leben hält noch andere Überraschungen für dich bereit. Aber ich will keine anderen Überraschungen. Erik ist der Richtige, ich kann es fühlen."

O je. Hier war Reden zwecklos. Wenn die Hormone sprechen, muss der Verstand schweigen. Klar, dass sich meine Frau große Sorgen machte, vielleicht andere als ich.

„Du liebst ihn also?"

„Dumme Frage, und er liebt mich."

„Du bist zwar erst 16, aber geh bitte zu deiner Frauenärztin und lass dir die Pille verschreiben."

„Woher weißt du?"

„Klärchen, bitte, schaff jetzt keine Tatsachen, die du später bereust. Rede mit deiner Frauenärztin und lass dich darüber aufklären, wie du mit deiner Verliebtheit umgehst."

„Paps, das ist keine Verliebtheit. Ich liebe Erik."

Bei „liebe" schien der Hörer zu klirren. Das hatte ich befürchtet. Nicht dass ich es nicht für Verliebtheit hielt. Aber für Klara war alles so neu, so groß. Jede andere Reaktion würde dem Ernst des nun Erlebten nicht gerecht.

„Eben. Vielleicht bist du aber noch zu jung für die Pille, du entwickelst dich doch noch. Dann soll sie dir raten, was du sonst tun kannst. Und – wie oft seht ihr euch?"

„Täglich, und nachher ruft er immer noch an."

Da blieb weder Zeit noch Kraft zum Lernen. Wie soll man quadratische Gleichungen oder trigonometrische Formeln üben, wenn das Herz übervoll ist. Ich hatte das Gefühl, meine kleine

Tochter zu verstehen, die mit einem Mal gar keine kleine Tochter mehr war, sondern eine junge Frau, die ihre ersten Schritte in eine engere Beziehung erprobte. Ich hätte es ahnen müssen. In der letzten Zeit vor meiner Abreise war sie sichtbar erblüht – mir fiel nur dieses altmodische Wort ein – und sie versprach eine ebenso schöne Frau zu werden, wie ihre Mutter. Da durfte man sich über Verliebtheit nicht wundern, und - ich hatte es bei Helen erlebt und genossen - auch nicht über die Heftigkeit ihrer Verliebtheit. Was sollte ich sagen?

„Bist du noch dran, Paps?"

„Ja, ich bin noch dran. Musste nur einmal nachdenken. Wenn ich wieder zuhause bin, wirst du mir den Erik sicher vorstellen?" - wenn er dann noch der Favorit ist, aber das Letzte sagte ich nicht.

„Jetzt aber sollten wir einmal über die Schule reden."

„Muss das sein?"

„Ja. - Über die Schule und Erik. Meinst du nicht, dass er auf dich stolz sein möchte? Willst du so ein Häschen sein, hübsch, aber dumm, oder willst du eine Frau werden, die etwas ausdrückt?"
Mir fielen die richtigen Worte nicht ein. Hoffentlich verstand sie es?

„Was meinst du?"

„Dann muss ich es drastischer sagen: Soll Erik sagen, das ist meine Freundin, sie sieht gut aus und sie ist klug, kann denken. Mit ihr kann man nicht nur knutschen" - ich verkniff mir einen vulgäreren Ausdruck - "mit ihr kann man auch reden. Oder soll er sagen. Das ist mein Häschen, süß, und klasse im Bett. Doch wenn ich mit einer Frau sprechen möchte, dann suche ich mir eine andere. Zum Glück gibt es auch schöne und kluge Frauen."

„Das würde Erik niemals sagen."

„Klärchen, das Leben ist lang. Mach aus dir einen Menschen, dass dein Erik gar nicht erst in eine solche Versuchung kommt."

„Und wie soll ich jetzt Mathe lernen? Das Loch ist schon recht tief."

„Lern es für Erik! Kann er dir nicht helfen, er ist doch in der 12, wie du sagst?"

„Nein, Erik lenkt mich zu sehr ab."

„Dann such dir eine andere Hilfe, jemanden, der dein Mathetraining kontrolliert. Mathe ist vor allem Trainingssache, allein ist das zu mühsam."

„Das kostet bestimmt viel?"

„Ein Jahr länger kostet unter Umständen mehr. Rede mit Mama, sie wird es wohl nicht ablehnen. Und – rede mit deiner Frauenärztin!"

„Ach Paps, du bist süß!"

„Dann sind wir uns ja einig?"

„Mal sehen. Hast du noch etwas, Erik wartet vor dem Haus auf mich."

„Heute nicht. Tschüs, Töchterlein."

„Tschüs Paps."

Mein kleines Mädchen wurde eine Frau. Und ich war zu weit weg, erlebte alles nur wie im Fernsehen, unfähig selbst am Geschehen teilzunehmen. Zu weit zum Helfen. Sollte ich ihr überhaupt helfen? Klara würde es allein schaffen, wie schon unzählige Mädchen es vor ihr geschafft hatten.

Aber auch meiner Frau konnte ich nicht helfen. Sie stand mitten im Kampfgeschehen, allein. Mit einem Mal war ich mir nicht mehr so sicher, dass ich hier richtig war, weit weg von denen, die mich brauchten.

Text 3

Mein Vater war Jude, und das war er aus vollem Herzen. Doch mein Vater war ebenso ein Anhänger des Neuen Weges des Jesus aus Nazareth. Jesus war für ihn die Blüte des Judentums, ihn liebte er. Doch wie sollte er in seiner Welt die beiden Richtungen zusammenhalten, die längst begonnen hatten, auseinander zu streben. Schon redeten die Juden in unserer Gemeinde von Abstammung und Beschneidung, andere Gemeinden aber nahmen immer mehr Menschen in ihren Kreis auf, die weder von Abraham abstammten noch beschnitten waren. In unserer Gemeinde brach der Streit offen aus, verletzte viele. Familien zerstritten sich. Und was tat Vater? Er schrieb seine Jesus-Geschichten.

Ich erinnere noch, wie mein Vater strahlte, als er eines Abends nach Hause kam. Er hatte einige Bögen Papyrus gekauft, auf denen Erinnerungen an den Rabbi Jesus standen. Auf Mutters Frage, was die wohl gekostet hätten, antwortete er nur:
„Frag nicht, dann ärgerst du dich auch nicht."
So war mein Vater. Dann zog er sich zurück und studierte seinen Fund. Er hat ihn wohl vielmals gelesen, am Ende kannte er ihn auswendig. Und immer wieder sagte er:
„So war er, der Jesus, und den sollen sie mir nicht zerstören."
„Aber sag, wie war er denn?"

„Er wollte die Ordnung Gottes, und das war keine Unter- und Überordnung von Menschen über andere Menschen, es war eine Ordnung der Liebe, und niemand sollte ausgeschlossen sein, niemand sollte als zu gering gelten. Du bist doch alt genug, um zu sehen, wie Männer und Frauen immer wieder um die Vorherrschaft kämpfen. Aber so sollte es in der Gemeinde nicht sein. Auch Jesus sah diesen Kampf, doch sieh her, wie Jesus damit umgeht: Er erzählt von den Vögeln des Himmels und den Lilien auf dem Feld, die sich keine Sorgen machen sollen, denn Gott beschützt sie beide. Doch nun achte: Vögel säen nicht, Lilien spinnen nicht. [12] Säen ist Männerarbeit, Spinnen ist Frauenarbeit. Und er nennt sie nebeneinander. Weder Männersorgen noch Frauensorgen soll es geben. Da gibt es keine Unterschiede im Geschlecht.

Dann hier", Vater zeigte auf eine bestimmte Stelle seines neuen Textes, „Senfkorn und Sauerteig als Bilder des Gottesreiches. [13] Männer säen das Korn, Frauen bereiten den Teig. Siehst du in diesen Geschichten irgendeine Bevorzugung von Männern oder Frauen? Und wenn sie etwas verlieren, Hirtenmänner ein Schaf, haushaltende Frauen eine Drachme, macht er einen Unterschied? Nein, Jesus vergleicht Gott mit beiden.

Diesen Fund muss ich unbedingt in meine Geschichte einbauen. Diese kleinen Erzählungen des Jesus, sie sagen

---

[12] Siehe Mt 6,26-28.
[13] Siehe Mt 13,31-33.

nicht, Männer und Frauen würden das Gleiche tun, aber sie sagen, dass beider Tun im Reich Gottes gleich wichtig ist."

„Dann dürften eigentlich auch Frauen in unserer Gemeinde predigen?"
„Natürlich. Wie käme Jesus dazu, nach diesen schönen Geschichten", und er strahlte noch immer, „Frauen das Predigen zu verbieten."
„Aber neulich hörte ich, wie Josua in unserer Gemeinde sagte, die Frau solle in der Versammlung schweigen." [14]
„Ach der Josua", und Vater lachte über das ganze Gesicht, „wenn dessen Frau auch noch in der Gemeinde etwas zu sagen hätte, dann bräuchte er doch nirgendwo mehr den Mund aufzumachen, der hat doch zu Hause gar nichts zu sagen, und bei der Arbeit nicht viel mehr. Also redet er in der Gemeinde, was das Zeug hält. Aber kann das ein Maßstab sein? Sag selbst, muss man die Absichten Jesu so verbiegen, dass nun ein kleiner Pantoffelheld sich bei uns groß finden kann, selbst wenn der Preis dafür ist, dass alle Frauen klein gemacht werden?"

Ich musste meinem Vater Recht geben. Doch beschlich mich eine bange Ahnung, ob diese Gleichordnung sich in unserer Gemeinde durchsetzen würde. Zu viele waren es gewohnt, in einer Welt des Oben und Unten zu leben, zu viele sahen in unserer Gruppe die Chance, wenigstens hier eine kleine Frucht der Macht kosten zu können.

---

[14] 1Kor 14,34.

Politisch waren wir machtlos, Rom herrschte und seine Legionen. Und bei uns sollte es anders sein? [15] In vielen Vereinen führten die Männer das große Wort, das ihnen in der Stadt und in der Politik verwehrt war. Waren wir auch so ein Verein der Großredner? Wenn mich eine Frage sehr bewegt, dann kann ich am helllichten Tag darüber träumen. In einem solchen Tagtraum stelle ich es mir einmal vor: Da kommt ein Mann und beansprucht, unsere Gruppe zu lenken und zu leiten. ‚Aufseher' nennt er sich. Er ist ein beeindruckender Mann, gutaussehend, wortgewandt, das bringt die Hälfte der Frauen auf seine Seite; er kennt die Schrift und weiß sie zu erklären, das macht die Hälfte der Männer stumm. Er ist kultiviert, sein Haar ist nicht wirr wie das der Wanderpropheten, seine Rede träufelt von süßen Worten, wer könnte ihm widerstehen. In meinem Traum widersprach ich ihm. Da übergoss er mich vor der ganzen Gemeinde mit seinem Wohlwollen, mit grenzenlosem Verzeihen meiner Dummheit. Doch in den Wochen danach wurden meine Freunde einsilbig. Sie hatten dies und das über mich gehört, und keiner wollte mich über das Gehörte befragen. Die Ausgrenzung endete erst, als ich deutlich in der Gruppe zeigte, dass ich völlig der Meinung unseres „Aufsehers" sei.

Es war nur ein Tagtraum, und Gott verhüte, dass er Wahrheit würde. Seitdem aber bin ich noch skeptischer gegenüber dem Versuch meines Vaters, durch Aufschreiben der Lehre Jesu das drohende Unheil der

---

[15] Siehe Mt 20,25-27.

Spaltung von unserer Gemeinde abzuwenden. Armer Vater. Er kämpft mit ganzem Herzen, doch aus meiner Sicht kämpft er gegen Windmühlen. Mit jedem Schritt in die Welt atmet unsere Gruppe die Regeln der Welt ein, mit jedem Schritt in die Welt entfernt sie sich einen Schritt weit von unserem Ursprung bei Jesus und seiner Vision von einer neuen Welt, in der die Ordnung Gottes mit gleichem Recht für alle, für Männer und Frauen, für Arme und Reiche, für Freie und Sklaven, sogar für Juden und Heiden bestehen würde. [16]

Schon zu Anfang seines Streites mit dem „Aufseher" schrieb Vater die Geschichte der Magier, die aus Anatolien kamen, um dem Jesus zu huldigen. Genau weiß keiner, wo sie herkamen. Waren es heidnische Zauberer? Waren es jüdische Magier, deren Familien nach dem Exil nicht mit den anderen nach Israel gezogen waren? Ich weiß nicht, an wen Vater dachte. Womöglich hat er sie sich ausgedacht als Beispiel seines Traumes von einer Vereinigung von jüdischen und nichtjüdischen Jesusanhängern. [17]

Sie hatten einen Traum von einem neuen König, einem Gottesboten. Vater schreibt von einem Stern, den sie gesehen hatten. Auf einer Reise sah ich einmal einen Altar, der einem unbekannten Gott gewidmet war. Vielleicht suchten sie einen unbekannten Gott. Aber Suchen und Ahnen reicht nicht, sie mussten nach Jerusalem.

---

[16] Siehe Gal 3,38.
[17] Siehe Mt 2,1-12.

Ich fragte damals Vater:

„Warum müssen sie nach Jerusalem? Warum zeigt ihnen der Stern nicht gleich den richtigen Ort?"

„Der Stern, Junge, ist ein Traum, wie der Traum des Propheten, dass einmal alle Völker nach Jerusalem kommen, um die Weisung Gottes zu hören." [18]

„Aber dann hätte Gott doch gleich ein paar Priester losschicken können, warum sollte er von so ferne her die Magier kommen lassen?"

„Schau, es gibt drei Arten von Menschen: Diejenigen, die Gott suchen; diejenigen, die glauben, ihn in ihren Büchern gefunden zu haben; und diejenigen, denen Gott gleichgültig ist, die nur sich selbst und ihre Macht suchen.

In der Geschichte wirst du sie alle drei finden. Die Magier suchen Gott, das hält sie nicht zu Hause fest. Aber sie haben nur eine ungefähre Ahnung. Doch Gott liebt sie, er schenkt ihnen alle Spuren, die sie benötigen, um ihn endlich zu finden. Gott will nämlich gesucht sein. Hast du nie gelesen: ‚Ich irrte durch die Stadt und suchte den, den meine Seele liebt.' [19] Das redet nicht nur von einem verliebten Mädchen, aber davon hast du ja noch keine Ahnung."

Mir war, als huschte ein wissendes Lächeln durch seine Augen, er aber fuhr fort:

---

[18] Jes 2,3; Mi 4,2.
[19] Hld 3,2.

„Der Satz redet ebenso von Gott, der gesucht sein will. Gott lieben heißt Gott suchen; und genau das machten die Magier, so auf ihre Art."

„Und die, die glauben, Gott in ihren Büchern gefunden zu haben, das sind die Schriftgelehrten und Priester."

„Sohn, du hast es verstanden. Nichts ist der Liebe abträglicher als das Ende des Suchens. Nur, damit du mich gut verstehst, das sind nicht nur die Priester und Gelehrten in Jerusalem. Das sind noch viel mehr die Besserwisser und Scheinheiligen in unserer Gemeinde. Sie wissen viel und lieben wenig. Deshalb können sie zwar verletzen, aber finden können sie nichts."

„Warum müssen dann die Magier zu ihnen gehen?"

„Die Priester hüten den Reichtum der Tradition. Die Weisungen Gottes, die er uns durch die Propheten gegeben hat, sie bestehen fort. Nur durch sie können wir finden, was Gott mit der Welt vorhat, nur durch sie über Gottes Willen Klarheit gewinnen, auch wenn die Hüter der Tradition sie schon lange selbst nicht mehr verstehen. Wir Jesus-Leute brauchen die jüdische Tradition, um ihn zu verstehen und durch ihn den Willen Gottes. Fernab von dem Erbe Israels trocknet die Lehre des Rabbi Jesus aus. Also müssen auch die Magier nach Jerusalem und sich belehren lassen. Erst dann geht ihnen ein Licht auf, ich schreibe lieber, ein Stern, erst dann können sie finden."

„Und die dritten sind Leute wie der König Herodes, die blind für alles Göttliche sind und nur an ihre Macht denken?"

„Ja."

„Aber mit dem Morden der Kinder in Bethlehem trägst du doch recht dick auf."

„Ja. Doch denke einmal, welche Kluft zwischen diesen machtsüchtigen Menschen liegt und denen, die die Lehre Gottes suchen und schließlich denen, die glauben, sie zu hüten. Beide Gruppen haben doch einen Bezug zu Gott, die Gewaltmenschen aber haben ihn nicht, und sie sind eine ewige Gefahr. Man muss schon dick auftragen, wenn man seinen Freunden zeigen will, dass sie vor der Gefahr von außen, die von den Menschen der Macht ausgeht, zusammenstehen müssen."

Das leuchtete mir ein, und in meinem Leben habe ich nur zu oft erfahren, wie die Macht jeden Zwist unter den Gottesfreunden gnadenlos ausnutzte, um sie zu unterjochen. Dennoch fühlte ich mich etwas unwohl, wenn Vater dem Herodes so ein Verbrechen andichtete. [20] Er hatte in der Tat genug eigene Schandtaten begangen, da hätte Vater sich reichlich bedienen können. Ich glaube, über Herodes meinte er, da käme es auf solch eine Kleinigkeit nicht mehr an. Aber: Ist Kindermord eine Kleinigkeit?

Was Vater sagen wollte, ist mir inzwischen klar geworden: Das Suchen der Heiden und die Tradition Israels gehören zusammen. Für sich allein sind sie unfruchtbar. Die Wallfahrt der Völker nach Jerusalem, sie ist nicht nur

---

[20] Siehe Mt 2,16.

die Suche nach Belehrung, sie ist auch die Wiederbelebung einer längst steril gewordenen Tradition.

Jetzt in meinem Alter nennt man uns ‚Christen‘, und von den meisten Juden sind wir getrennt. Jetzt brauchen die Herodesse meiner Zeit nur noch eine der beiden Gruppen in Dienst zu nehmen, um die andere zu unterdrücken. Wo bleibt der Engel, der uns sagt, wie wir auf einem anderen Weg in unsere Heimat zurückgehen können?

Bruder Elias

„Mister Peter, bist du Christ?" So konnte nur Ali fragen. Es war vier Wochen nach unserer Ankunft.

„Ja."

„Dann wir müssen zu Bruder Elias fahren. Elias ist guter Mann."

Also fuhren wir am nächsten Sonntag in die Nachbarstadt zu Bruder Elias. Ich war gespannt, zu wem uns Ali bringen würde. War es ein neuer Charles de Foucault? Was wir dann fanden, war ein Mann so um die 50, in einer Kutte, die sehr an Franz von Assisi erinnerte. Doch am meisten hielt uns sein Blick gefangen. Er schaute jeden an, als ob es in diesem Augenblick keinen wichtigeren Menschen gebe, und dazu ein leises Lachen im Gesicht, eine ansteckende Fröhlichkeit, völlig ohne Dünkel. Er wohnte in einem Nebenraum eines großen Hauses. Ali hatte Tee mitgebracht. Dann saßen wir in seiner Kammer, tranken Tee und sprachen über Gott und die Welt.

„Was machen Sie hier, Bruder Elias?"

„Ich will bei den Menschen sein. Schauen Sie, es gibt hier viel Hass, da braucht es doch ab und zu einen, der Körner der Liebe sät."

„Sind Sie also ein zweiter Charles de Foucault?"

„Nein, nein, der war mir als Vorbild zu radikal. Ich bin nur ein Mann, der mit den Leuten lebt und ihnen gut ist. Dafür schenken sie mir gelegentlich etwas, ja, und auch ich kann ihnen von Zeit zu Zeit helfen."

„Sind Sie denn Franziskaner?"

Elias lachte, „Sie wollen mich unbedingt irgendwo einordnen. Ist schon gut. Aber ich bin kein Franziskaner. In einem Orden müsste ich den Oberen gehorsam sein, und die würden mich wahrscheinlich zum Provinzökonom machen, oder zu einem, der Briefmarken und fromme Kalender verkauft, um die Mission finanziell zu unterstützen. Aber ich will bei den Leuten sein und kleine Körner der Liebe in ihre Herzen säen, mehr nicht."

„Sie waren also nicht immer ein geistlicher Bruder?" Ich wusste nicht, wie ich es hätte anders ausdrücken können.

„Nein. Von meiner Ausbildung her bin ich Volkswirt, habe dann etliche Jahre sehr erfolgreich als Manager in großen Unternehmen gearbeitet, bis Gott mich zu dieser Aufgabe geführt hat."

„Hatten Sie denn eine Erscheinung?" Irmgard fragte, was ich mich nicht zu fragen traute.

„Wenn Sie so wollen, schönes Fräulein, dann hatte ich eine Erscheinung. Mein Beruf hatte mich in diese Gegend der Türkei geführt, schon als der Konflikt mit Syrien noch andauerte. Hier sah ich die Leute, ihren Mangel an Hoffnung, auch ihren Mangel an Führung. Das war meine Erscheinung. Und seitdem bin ich hier."

Irmgard: „Eine Familie haben Sie nicht?"

Elias: „Ich hatte eine Frau, aber die ist vor Jahren gestorben. Kinder hatten wir leider keine. Sonst wäre mein Leben vielleicht anders verlaufen."

Irmgard: „Das tut mir leid, das mit Ihrer Frau."

Elias: „Das muss Ihnen nicht leidtun. Es waren wunderbare Jahre mit meiner Frau. Dafür kann ich gar nicht dankbar genug sein. Nehmen Sie mein Leben hier auch als Ausdruck dieses Dankes."

„Und hilft es Ihnen hier, Ihre Erfahrung als Manager?"

„Gewiss, gewiss. Ich habe in meinem Schrank immer noch einen guten Anzug, schickes Hemd, Krawatte, Visitenkarten und was man noch zum Angeben braucht. Und ebenso habe ich noch einen Laptop. Wenn es den Leuten hilft, dann benutze ich das auch."

„Wie meinen Sie, dass es den Leuten hilft?"

„Ich will Ihnen ein Beispiel erzählen: Neulich kommt ein Nachbar und klagt, man habe ihm seine Arbeitsstelle gekündigt. In seinem Betrieb waren Fehler gemacht worden, und das hatte man ihm vorgeworfen. Er sei aber an den Vorwürfen unschuldig. Ich kannte ihn und wusste, dass er nicht allzu sehr die Wahrheit gestaltet, wie man heute sagt. Er hatte wohl etwas geschlampt, aber das schien mir kein Grund, ihm zu kündigen. Also habe ich mich im Internet über seine Firma kundig gemacht. Der jetzige

Chef hat sie von seinem Vater geerbt, aber er hat nie Wirtschaft studiert, und so führt er seine Firma ganz im Geist seines Vaters und ohne jede Ahnung von modernem Management. Ich werfe mich also in meinen guten Zwirn und fahre zu der Firma, melde mich an, um das Problem meines Nachbarn zu besprechen. Natürlich will man mich abwimmeln, der Chef habe im Augenblick gar keine Zeit und so weiter. Ich lege einfach meine Visitenkarte auf den Empfangstresen. ‚Ich glaube, für diesen Herrn wird Ihr Chef schon etwas Zeit haben.‘ Und siehe da, wenige Minuten später saß ich in seinem Büro.“ Elias lachte über sein ganzes Gesicht. Solche Streiche schienen ihn zu erfreuen.

„‚Ich möchte gerne mit Ihnen über den und den reden.‘

‚Haben wir den nicht vor wenigen Tagen entlassen?‘

‚Das haben Sie. Doch bevor wir auf ihn zu sprechen kommen, würde ich gerne mit Ihnen über Ihre Firma sprechen.‘

‚Und wieso das?‘

‚Ich habe mich kundig gemacht und bin dabei auf zwei Dinge gestoßen, die Sie ändern sollten. Es würde Ihnen einiges Geld ersparen, mehr, als die Stelle meines Nachbarn kostet.‘

‚Was kostet Ihre Beratung?‘

‚Nichts. Ich tue Ihnen einen Gefallen, und wenn sich einmal die Gelegenheit ergibt, werden Sie mir sicher genau so einen Gefallen tun.'

Dann legte ich ihm meine Verbesserungsvorschläge dar. Fast eine Stunde haben wir das Management seiner Firma diskutiert. Dann war er mit meiner Lösung einverstanden. Auf meinen Nachbarn kam ich nicht mehr zu sprechen, er aber:

‚Was Ihren Nachbarn angeht, ich glaube, man wird ihn wieder einstellen können.'

Ich bedankte mich von ganzem Herzen, denn genau das hatte ich gewollt.

Sehen Sie, so lebe ich hier mit den Leuten, helfe, wo ich kann. Und sie laden mich dann zum Abendessen, stellen mir ihre Kinder vor und belohnen mich mit ihrer Freundschaft."

„Ich finde das großartig. Aber sagen Sie, haben Sie in der heutigen Zeit keine Angst?"

„Natürlich habe ich Angst. Aber soll ich deshalb meine Aufgabe vernachlässigen? Ich habe nicht genug Samen der Liebe bei all dem Hass, auf den Sie hier treffen. Eines Tages wird der Hass mich einholen und seinen Tribut fordern, vielleicht sogar mein Leben. Aber dann komme ich wieder zu meiner Frau. Was soll ich also fürchten, - außer vielleicht die Schmerzen?"

Wir sprachen noch lange. Auf dem Heimweg bedankte ich mich bei Ali, dass er mich diesem Mann vorgestellt hat. Bruder Elias hatte mir eine Ahnung davon gegeben, was Nachfolge Jesu in dieser Zeit und in diesem Land bedeuten konnte. In meinem Herzen spürte ich Stolz, einer Kirche anzugehören, die solche Männer hervorbrachte.

Auch Irmgard war auf der Rückfahrt sehr schweigsam. Am Ende entfuhr ihr ein Seufzen:

„Dass man solche Männer nicht heiraten kann."

„Jeder hat eben seine eigene Aufgabe."

„Du sagst es. Ich könnte seine Aufgabe nicht erfüllen. Doch bin ich dankbar, dass es Leute wie Elias gibt, die diese Aufgabe annehmen, wie nannte er sie noch: ‚Samen der Liebe aussäen'."

Text 4

Unsere Tradition hat zwei Pfeiler, auf denen sie ruht: Das Gesetz und die Propheten.

Vater sagte dazu nur: „Lies die Schrift!" Aber je mehr ich sie lese, desto unklarer wird sie mir. Was soll nicht alles geschehen, ehe Himmel und Erde vergehen. Die Frommen sagen dann, „ehe der Messias kommt". Und dann reden die einen von der neuen Gerechtigkeit, die anderen von einer Zeit reiner Freude, wieder andere reden davon, dass das ganze Land uns gehören wird. Jetzt gehört es dem Kaiser in Rom, wir sind nur Pächter, so sagen seine Beamten, und die Pacht ist verdammt hoch. Doch die Frommen sagen, die Erde gehört Gott. Ihm zahlen wir die Tempelsteuer, aber dafür gibt er uns das ganze Land.

„Wird uns Gott auch das Land geben, auf dem andere Menschen wohnen?"

„Die Schrift sagt es so," antwortet Vater, „aber dann ist er kein Gott aller Menschen. Kannst du dir einen solchen Gott denken?"

„Nein" und nach etwas Nachdenken: „Er wäre dann auch nicht der einzige Gott des Himmels und der Erde, nur einer von vielen Göttern. Die anderen Menschen würden nämlich zu ihren Göttern rufen."

Ich weiß, dass Vater es nicht mag, wenn man die Menschen sortiert in solche, die haben dürfen, die befehlen dürfen, die leben dürfen, und ganz unten diejenigen, die weder etwas haben noch etwas zu sagen haben, deren Leben kaum noch ein Leben zu nennen ist. Vater meint, Jesus habe diese Unterordnung nicht gewollt. Wo die Ordnung Gottes herrscht, können Menschen gleichberechtigt miteinander leben. Aber zu viele sind da nicht seiner Meinung.

Neulich erzählte er, ein gewisser Paulus aus Tarsus in Kleinasien habe einen Brief geschrieben, darin stehe: „Da gibt es weder Juden noch Griechen, weder Sklaven noch Freie, weder Mann noch Frau." [21] Vater war begeistert davon.

Als er aber am nächsten Sonntag aus der Gemeindeversammlung kam, war er tief betrübt. „Sie erkennen diesen Satz nicht an", sagte er, „Juden seien doch besser als Griechen, Männer besser als Frauen, Freie besser als Sklaven. Das sei die Ordnung Gottes". Vater war empört. „Wenn unsere Gerechtigkeit nicht weit größer ist als die jener Leute, die behaupten, die Schrift allein zu verstehen, dann kommen wir nicht ins Reich Gottes." [22] Später: „Es fängt schon bei uns an. Nur diese Frommen verstehen die Schrift richtig, so sagen sie, am Ende erklären sie sich noch selbst für irrtumsfreie Ausleger der Schrift. Und wenn man ihnen widerspricht, sofort sagen sie, man wolle die ganze Schrift auflösen. Was der Rabbi Jesus

---

[21] Gal 3,28.
[22] Vergleiche Mt 5,20.

meinte, als er uns erklärte, das richtige Verstehen der Schrift geschehe nur in einem liebenden Herzen, das wollen sie nicht mehr wissen."

In diesen Tagen schrieb Vater sehr wenig, ganz gegen seine Gewohnheit. „Wozu schreibe ich das alles auf, wenn es doch niemand lesen will, und die es lesen, wollen es nicht verstehen, und die es verstehen, wollen sich nicht danach richten."
„Vater, du schreibst es für uns auf, für Mutter, für mich."
„Du bist lieb. - Aber ihr habt mich schon seit langem verstanden. Nun sollte ich es für die Gemeinde aufschreiben, doch die will es nicht lesen. Aber mein Herz ist traurig, denn ich fürchte, eines Tages wird sie es lesen wollen, und wird aus meinen Worten, so klar ich sie auch aufschreiben mag, das genaue Gegenteil dessen herauslesen, was ich ihnen mitteilen wollte.

Schau Junge: Ich schreibe, dass Gott die Welt geschwisterlich geordnet sehen will ohne Herrscher und Beherrschte. Doch nun habe ich Sorge, dass sie die Menschen in Herren und Untergebene einteilen. Wie sie das machen? Ich schreibe, wie Jesus uns lehrte, den Ewigen unseren Vater zu nennen und ihm wie einem guten Vater zu vertrauen. Was meinst du, wie lange es dauern wird, bis sie ihn als einen Herrscher predigen, dem man zu gehorchen hat? Und wenn wir seine Befehle nicht selbst hören und verstehen, dann sollen wir eben seinen Dienern gehorchen."

Vater war in diesen Tagen sehr traurig. Mutter sagte nichts, sie schien diese Stimmung bei ihm zu kennen. Aber als ich Vaters Niedergeschlagenheit zum ersten Mal wahrnahm, war ich doch erschrocken. Mutter sagte nur: „Wir können ihn nicht aus dieser Stimmung herausziehen, doch wir müssen alles tun, damit er selbst da heraus findet."

„Ich finde diese Gefühle teuflisch."

„Ja Junge, das sind sie, aber da hilft kein Austreibungsritual, nur Beten und die liebende Nähe der Menschen, die ihm gut sind. Jeder, der ernsthaft über Gott und seinen Willen nachdenkt, kennt diese Gefühle. Jetzt sind sie noch schwach. Warte einmal, bis wieder einer auftritt, der beansprucht, allein den Willen Gottes zu kennen, und der von allen Christen Gefolgschaft einfordert. Das kann Vater wohl bis an jene Grenze anspannen, an der er zerbricht."

„Und solche Menschen gibt es?"

„Immer wieder treten sie auf. Die einen wandern umher, kommen zu uns und predigen, was das Zeug hält. Sie reden einem den Kopf ganz wirr. Erst, wenn sie wieder weg sind, kann man wieder klar denken. Solange sie da sind, ziehen sie die ganze Gemeinde in ihren Bann. Aber das sind nicht die Schlimmsten. Ärger sind die, die sich eine Gemeinde erobern, wie eitle Pfauen vor der Gemeinde einherstolzieren und alles ihrem Willen zu unterwerfen suchen. Im Ort von Tante Rivka gibt es so einen. Er ist nur eitel und wird die Gemeinde in seine Eitelkeit hineinziehen."

„Aber bei uns hier wird es so einen wohl nicht geben können?"

„Doch, schon schwärmen einige der besonders Frommen unserer Gemeinde von diesem Mann, würden ihn lieber heute als morgen zu uns einladen." Das macht Vater traurig. Und schon klagen manche, dass es schade sei, dass wir keine Organisation besäßen wie die Römer, in der nur einer anordnen muss, und alle haben zu gehorchen.

In meiner Phantasie malte ich mir eine Gemeinde aus, in der die einen befehlen und die anderen gehorchen. Es war zum Glück nur ein müßiger Tagtraum, aber er machte mir Angst. Vater hatte geschrieben „Wenn eure Gerechtigkeit nicht weit größer ist als die der Schriftgelehrten und Pharisäer, werdet ihr nicht in das Himmelreich kommen." [23] Die Gerechtigkeit der Römer hatte er nicht erwähnt, für ihn reimten sich Römer und Gerechtigkeit einfach nicht zusammen. Das war die Lücke, die nicht einmal er geahnt hatte. In meiner Befürchtung zieht eines Tages der Teufel durch diese Lücke in unserer Gemeinde ein. Ich hoffe doch, es bleibt nur ein müßiges Traumbild.

Erst neulich schwärmte Tante Rivka von dem neuen Prediger in ihrer Gemeinde. Er sei so ein gutaussehender Mann. Und obendrein wisse er in jeder Situation, was zu tun sei. Zuerst einmal haben die Kinder den Mund zu halten, dann die Frauen, am Ende auch die meisten

---

[23] Mt 5,20.

Männer. Danach aber wünsche er von allen, dass sie der Gemeinde dienen, dienen ohne zu debattieren. „Ist das nicht ein schöner Gedanke?" sagte Tante Rivka. In der Tat, der Gedanke ist schön: Dienst ohne Streit. Jener Paulus aus Tarsus soll vor einiger Zeit geschrieben haben, es gebe viele Begabungen in der Gemeinde, die alle dem Aufbau dienen sollen. [24] Noch ein schöner Gedanke. Doch wenn Rivka dann aus ihrer Gemeinde erzählt, dann gibt es nicht mehr viele Begabungen, dann gibt es nur noch den Willen ihres Predigers. Was er sagt, das sollen die Christen tun. Was ist der Unterschied, ob alle dem romhörigen Bürgermeister gehorchen oder einem Prediger wie dem in Tante Rivkas Gemeinde?

Nein, der Bürgermeister verlangt, fremden Göttern zu dienen, etwa dem Kaiser, jenem neuen Möchtegerngott in Rom. Dieser Prediger will doch, dass wir nur dem einen Gott dienen, dem Gott des Abraham, des Isaak, des Jakob und des Moses, dem Vater des Rabbi Jesus. Aber wenn ich seinen konkreten Dienst anschaue, dann sieht der Dienst des Predigers dem des Bürgermeisters so ähnlich. Aus der alltäglichen Nähe betrachtet verkleinert sich der Unterschied zwischen dem Vertreter des Kaisers und dem Vertreter Gottes. Wenn dieser Unterschied einmal nicht mehr sichtbar ist, dann ist Jesus erneut gekreuzigt worden.

---

[24] Siehe 1Kor 12-14.

Der Vorwurf

Ostersamstag. Über die Feiertage war ich wieder in Bonn bei meiner Familie. Es tat mir gut. Nach all der Trockenheit in Antakya labte ich mich am erwachenden Grün des Rheinlandes. Nach der einseitigen Umgebung im Archäologenteam erfreute ich mich an meiner Familie, dem gemeinsamen Essen, den zwanglosen Gesprächen. Verwechselte ich Oberflächlichkeit mit Zwanglosigkeit? Dass ich auf einem Dampfkessel saß, der kurz vor einer Explosion stand, das ahnte ich nicht.

So auch an diesem Ostersamstag. Wir hatten zusammen gegessen. Danach schlug ich vor, mit Paul einen Spaziergang zu machen. Helen wollte noch einige Ostervorbereitungen treffen: „und dabei steht ihr Jungs mir doch nur im Weg." Klara war bei ihrem Erik, wo auch sonst. Also gingen wir. Gleich hinter dem Ort zog sich der Weg bis zu einem Wäldchen, die Bäume dort trugen junges Grün, entlang des Wegs reckte sich die Erde dem Frühling entgegen, Hoffnung und Neuanfang wohin man sah. Nur wir beide gingen schweigend, als läge ein unhörbarer Vorwurf zwischen uns.

Es war Paul, der schließlich sprach: „Deine Kollegen sind wohl gesprächiger?"

„Ja."

„Bist du deshalb so lange in der Türkei?"

„Nein. Dort ist mein Arbeitsplatz."

„Und warum kommst du über Ostern zu uns?"

„Ihr seid meine Familie."

„Sind wir das? - Was ist das für eine Familie, der man nichts mehr zu sagen hat?"

„Wie meinst du das, dass ich euch nichts mehr zu sagen habe?"
Irgendwie schien mir meine Stimme schriller als sonst.

„Merkst du nicht, wie du uns fremd geworden bist? Nicht nur uns Kindern, auch Mutter."

„Ich glaube nicht, dass Helen und ich uns fremd geworden sind."

„Du hast ja keine Ahnung."
Paul spuckte die Worte fast heraus. „Vater lebt im Orient und sammelt alte Schriften, und Mutter soll sehen, wie sie die Familie durchbringt. Wenn Klara oder ich krank sind, wer ist da, du etwa? Wenn mit unseren Lehrern geredet werden muss, wer geht hin, du etwa? Du schreibst ein nettes Kärtchen zum Geburtstag, damit hat es sich. Und wenn Mutter selbst etwas braucht, zu wem soll sie dann gehen, he? Etwa zu ihrem Mann? Der ist doch nie da."

Paul hatte sich in Eifer geredet, was sollte ich sagen. Ich war nie da. Doch, dass ich so sehr fehlte, hatte ich nicht erwartet. Bei Paul aber hatte ich das

Gefühl, als wäre im letzten Jahr alle Sehnsucht nach mir, nach dem lieben Papa, verwandelt worden in Abscheu, als sähe Paul mich lieber heute wegfahren als morgen.

„Du meinst Mutter wartet auf dich? Das hat sie sich doch längst abgeschminkt. Spürst du nicht, wie mechanisch und kalt ihr miteinander umgeht? Was verbindet euch denn noch? Du kennst nicht Mutters heimliches Weinen, wenn ihr alles zu viel wird. Wir sollten es nicht bemerken, aber ein verweintes Gesicht kann man nicht immer schnell glattziehen wie ein verstrampeltes Bettlaken.

Seit du hier bist, schaue ich, ob da etwas ist, was euch verbindet. Ich entdecke nichts, nur tödliche Routine. Du hast einmal versprochen, sie zu lieben. Jetzt lässt du sie allein. Und wenn du doch einmal bei uns bist, besteht deine Liebe darin, den Esstisch abzuräumen, die Spülmaschine auszuräumen, Staub zu saugen. Und dann bist du wieder weg, alles geht wieder seinen normalen Gang, Vater bei seiner wichtigen Arbeit und Mutter allein mit zwei pubertierenden Kindern."

„Du meinst, ich sollte besser zu Hause bleiben?"

„Nein, du hättest nicht weggehen dürfen. Jetzt ist es egal, wo du bist, bei uns geht es auch ohne dich."

„Ich werde mit deiner Mutter reden."

„Ach, wie erwachsen du klingst: Helen, dass musst du doch einsehen; Helen, mir bedeutet es viel; Helen, es ist nun mal mein Beruf." Sein Lachen dabei bereitete mir eine leichte Gänsehaut. Da entdecke ich in einer alten Schrift, wie wichtig es ist, zu lieben, und in meinem eigenen Leben entgleitet mir das, was ich besonders liebe.

Hat er vielleicht recht. Meine Gefühle für Irmgard melden sich in mir, meine gelegentlichen Wünsche und Begehren. Nein, in solchen Augenblicken richtete sich meine Sehnsucht nicht auf Helen. Helen, das ist das Immer-schon-Selbstverständliche. Sie liebe ich. Aber Irmgard ist Jugend, Neuanfang, Alterslosigkeit. Das ist keine Liebe, das sind andere Wünsche. Du hast doch nichts Verbotenes getan, sage ich mir. Dennoch spüre ich: Ich bin kein Heiliger. Aber darf Paul mir diese Fremdheit so ins Gesicht schlagen?

„Komm erst einmal in mein Alter."

Ich hatte es kaum gesagt, als mir bewusst wurde, wie falsch gerade dieser Satz jetzt war. Paul schwieg. Ein sinnvolles Gespräch schien er mir nicht mehr zuzutrauen. Ab und zu kickte er einen Stein aus dem Weg, als müsse er etwas wegwerfen.

„Hast du eigentlich Freunde?"

„Warum willst du das wissen? Ach, ich vergaß, du bist ja mein Vater."

„Es interessiert mich."

„Nein, ich habe keine Freunde. In der Schule habe ich Kumpels, in unserer Gemeinde kann ich es mit einigen ganz gut. Aber Freunde? Ich hab doch nicht einmal einen richtigen Vater."

Da war sie wieder, diese Wut, die sich doch nicht zeigen durfte, denn man war ein braver Sohn. Man ging mit seinem Vater spazieren, auch wenn man am liebsten während des ganzen Weges geschwiegen hätte. Ich ertappte mich, wie ich schon klinisch über meinen Sohn nachdachte.

„OK, kein Vater, keine Freunde. Und was machen die Väter deiner Kumpel so alles?"

„Die meisten spinnen. Da sind echte Paschas dabei. Und ihre Sprösslinge werden genauso. Du solltest mal das Macho- Gebaren sehen, dass einige meiner Kumpel gegenüber den Mädchen an den Tag legen. Aber die scheinen es zu mögen. Sie sprechen gender-emanzipiert, und schwärmen für den dicksten Macho."

„Du hast noch keine Freundin, oder?"

„Was soll ich mit einer Freundin. Also ... Inga ist recht nett, aber so einen wie mich sieht sie nicht einmal."

„Siehst du sie? Siehst du dich wenigstens selber?"

Schon wieder ertappe ich mich bei diesem therapeutischen Ton, als sollte ich meinen Sohn nicht verstehen sondern ihn heilen. Sieht er sich selbst vielleicht so wenig, weil ich ihn so wenig anschaue?

Was sieht Helen in ihm, den kommenden jungen Mann oder nur einen Anlass ihrer Sorge, die sie ohne mich tragen muss? Ich möchte ihn so gerne erkennen, wie er ist, ihn verstehen, aber wie soll ich es machen. Mein Eindruck: Er will von mir nicht, oder nicht mehr gesehen werden.

„Früher warst du ein helles Kerlchen. Du warst stolz auf deine Klugheit, und konntest einen verrückt reden. Na, klug wirst du noch sein, den Rest weiß ich leider nicht mehr."

„Was willst du eigentlich? Meinst du nicht, dass es etwas spät ist für die Rolle eines lieben Knuddelpapa? Tu du deines, wir tun unseres, aber hör auf, Gemeinsamkeit zu heucheln, die nicht mehr da ist."

„Das sagst du. Für mich ist sie noch da."

„Dann frag doch einmal Mutter, wie das ist, wenn einem die Verantwortung über den Kopf wächst und da ist niemand, der einem hilft. Wir waren oft noch zu jung. Ihr blieben dann meist nur Weinen und Beten, und am nächsten Tag wieder ein fröhliches Gesicht, dass die Kinder nicht merken, wie schwer es ist allein."

Schweigen, langes Schweigen. Selbst das Licht auf den Feldern schien gedimmt zu sein.

„Es ist mein Beruf." Mehr fiel mir nicht ein.

„Ja, dein Beruf."

Wieder Schweigen.

Paul: „Sag einmal, wozu ist das eigentlich gut, was du da angeblich forschst?" Ganz ohne Spitze schien es heute nicht zu gehen.

„Unser Kaplan hat erzählt, im BRENNGLAS hätte gestanden, durch deine Forschung müsse die Bibel wohl neu geschrieben werden."

„Unfug. Nichts muss neu geschrieben werden. Man hätte allerdings einige Bibeltexte etwas sorgfältiger lesen sollen, dann wäre man nicht so überrascht. Es steht schon im Evangelium selbst, was in unserem alten Kodex von Bedeutung ist. Wenn das BRENNGLAS das anders sieht, dann ist das eben Journalismus."

„Und Journalisten müssen nicht bei der Wahrheit bleiben?"

„Doch, aber eine schön geschminkte Wahrheit verkauft sich besser. Und ist es nicht angenehm, dass nach all den Skandalen unsere Kirche wieder einmal mit etwas Inhaltlichem rüberkommt?"

„Es ist doch schon alles gesagt. Papa, du vergeudest deine Zeit. Und glaube mir", hier höre ich wieder den kleinen Schlaumeier, der für alles auf der Welt einen passenden Spruch hat, „der Preis ist zu hoch."

„Wie meinst du das?"

„Du kennst die Bibel und du kennst die Lehre der Kirche. Da braucht man keine neunmalklugen

Schriften, die es uns wieder ganz neu erklären, da braucht es nur Gläubige, die danach leben."

„Und doch liest man einen Text immer wieder anders."

Irgendwie bin ich froh, dass wir bei einem Sachthema gelandet sind. Hier kann ich mitreden, und brauche nicht Vorwurf auf Vorwurf zu schlucken.

„Einen Text liest man richtig oder falsch. Alles andere ist Relativismus."

„Das sagt dein Kaplan."

„Ja, und er ist auch mein Religionslehrer. - Merkst du denn nicht, wie vermessen es ist, wenn ein jeder seine eigene Auslegung hat und sie predigt, damit alle schön nach seiner Nase tanzen?"

„Und nach welcher Nase sollen wir alle tanzen?"

„Weißt du das wirklich nicht, und willst so viele Jahre ein Katholik sein? Dann kann ich dir auch nicht helfen."

„Nun mal ganz langsam, Herr Sohn. Wozu hat Gott uns den Verstand gegeben, wenn wir ihn nicht gebrauchen sollen?"

„Wir sollen ihn gebrauchen, und wenn du gut nachdenkst, dann wirst du finden, wie recht unsere Kirche hat. Aber die meisten gebrauchen einen Verstand, der gerade einmal gut ist, die Uhr zu lesen und Geld zu zählen. Und dann sind sie stolz auf ihren Verstand und meinen, alle müssten ihre kleinen

Einsichten mit ihnen teilen. Aber es gibt nur richtig oder falsch. Und es gibt eine jahrtausendelange Arbeit, die das Richtige herausgefunden hat und es uns zu glauben vorlegt."

Das fehlte mir gerade noch, eine Debatte über katholischen Fundamentalismus.

„Und woran meinst du, erkennt man, dass man richtig glaubt?"

„Ganz einfach: Wer mit der Kirche glaubt, glaubt richtig. Sie ist uns eine Mutter, und wenn wir es sehen könnten, sähen wir, wie auch sie abends weint, wenn ihr die Last ihrer Kinder zu viel wird. Und am nächsten Morgen sind die Tränen wieder weggewischt, die Freude der Liturgie umgibt uns wieder. Aber du wirst wohl kaum regelmäßig beten."

Er hat recht. Dennoch frage ich: „Wie kommst du darauf?"

„Aus dem Beten wächst Liebe. Und du läufst weg in deine Türkei, in eine total sinnlose Betätigung. Würdest du beten, du wärest bei Mutter geblieben. Glaub mir, ich weiß es."

Ich verstummte, diesmal für lange. Das Leben schien für ihn so einfach, so regelbar. Was sollte ich auch sagen. Sein Kaplan hatte ihm bestimmt gesagt, wie er alles zu verstehen hätte. Zwischen uns war ein Graben entstanden, den ich allein nicht würde auffüllen können. Mir fiel der Satz ein: "Wer Vater oder Mutter mehr liebt als mich, der ist meiner nicht wert." [25]

Es biss mir ins Herz, zu spüren, dass mein Paul mich nicht mehr liebte als jenen Jesus, den er sich in seiner Phantasie vorstellte. Wenn er mich überhaupt noch liebte. Oder war es nur eine Pubertätsmarotte? Würde er am Ende auch seine Mutter weniger lieben als seinen Projektions-Jesus? Seine Vorwürfe waren hart, sie trafen mich. Kannte er in seinem Alter schon die Sünde der Treulosigkeit – wieso fiel mir gerade dieses Wort ein? - kannte er sie so gut, dass er sie auch bei mir erspüren konnte? War ich treulos?

---

[25] Mt 10,37.

Text 5

Heute habe ich wieder in Vaters Buch gelesen: „Jeder, der seinem Bruder auch nur zürnt, soll dem Gericht verfallen sein; und wer zu seinem Bruder sagt: Du Dummkopf, soll dem Spruch des Hohen Rates verfallen sein; wer aber zu ihm sagt: Du Narr, soll dem Feuer der Hölle verfallen sein." [26] Das sind harte Urteile. Ach Vater, hat Jesus das tatsächlich so gesagt? Er konnte seine Lehre sehr genau ausdrücken. Aber wenn es eine Anleitung ist, wie ich mein Verhalten beurteilen soll, dann ist es eine Anleitung dazu, mich zu verdammen. Oder meint Jesus etwas völlig anderes: Jede Kränkung und Beleidigung beginnt ganz klein mit den Schimpfworten, die ich in meinem Herzen über den Anderen sage.

Armer Vater. Wie soll er für seine Gottesordnung streiten, wenn er seine Gegner nicht einmal in seinem Herzen mit den Namen belegen darf, die ihnen gebühren? Sei freundlich, auch wenn die Wölfe in die Herde einbrechen und die Schafe rauben. Wie sehr muss Vater auf seinen Gott vertrauen, wenn er nur erzählen darf, nicht richten, nicht einmal seinen Zorn ausdrücken.

Ich beginne zu verstehen, warum er an manchen Tagen so traurig ist. Es kostet viel Kraft, die Dummheit der Mitmenschen klaglos zu ertragen.

---

[26] Mt 5,22.

Bei erneutem Lesen meiner letzten Zeilen bemerke ich, wie Gott mir fremd wird. Ich schreibe „sein Gott". Ist er nicht mehr der meine? Vater kämpft um seine Gemeinde. Ich aber frage mich, ob der Kampf nicht schon von vorneherein verloren ist.

Ich versuche den harten Satz einmal anders zu verstehen: Es ist eine Regel, wie man eine zerstrittene Gemeinde wieder versöhnen kann. Sag also nicht „Dummkopf", nicht „eitler Pfau", nicht „Möchtegern-Gebieter". Aber ich kann es drehen und wenden wie ich will, es wird nur dann eine Regel, wenn sich beide Seiten daran halten.

Im Nachbarort war eine Trauerfeier, irgendeine weitläufige Tante war gestorben. Vater und ich gingen dahin. So richtig nach Trauer war uns nicht zumute, die Sonne gleißte, ein leichter Wind vermochte uns kaum zu kühlen, dürres Kraut schob sich graugrün aus dem Braun des trockenen Bodens, einmal sahen wir einen Klippschliefer. Wir gingen, dann Vater:
„Hannah?"
Ich: „Ja."
Lange gingen wir weiter. Vater mit einem wissenden Grinsen in den Mundwinkeln.
Dann Vater: „Willst du sie heiraten?"
Ich: „Mal sehen, über so was haben wir noch nie gesprochen."
Pause.

Vater: „Gedacht hast du schon daran?"

„Hm"

Selbst eine Trauerfeier kann einen aus einem peinlichen Gespräch erlösen. Aber die Frage war mir gestellt. Ich spürte, wie sie mich nicht mehr los lies, und ich fühlte ebenso, dass ich mit Vater darüber reden sollte.

Die Gelegenheit dazu ergab sich bald danach. Ich arbeitete mit Vater zusammen.

„Was sagte der Rabbi Jesus zum Heiraten?"

„Ich weiß es nicht, glaube aber, er war eher dagegen."

„Aber seine Anhänger waren verheiratet?"

„Die meisten. Sie nahmen auch ihre Frauen mit, wenn sie über Land reisten, um die Botschaft von Jesus zu verkündigen."

„Er war also nicht ganz dagegen?"

„Nein, nur gegen Untreue war er, nicht nur gegen die äußere, besonders gegen die im Herzen." Und Vater fuhr fort: „Er soll gesagt haben, wer eine Frau nur ansieht, um mit ihr ins Bett zu gehen, der bricht die Ehe. Und wer eine Geschiedene heiratet, der bricht die Ehe." [27]

„Ganz schön hart!"

„Hast du denn Lust, außer mit Hannah auch mit anderen Mädchen ins Bett zu steigen?"

„Nein."

„Eben."

---

[27] Mt 5,28.

„Aber seit ich sehe, wie schön Hannah ist, sehe ich deutlicher, wie schön auch andere Mädchen sind. Weißt du, es ist als sähe ich Hannah in vielen Spiegeln."

„Das ist doch schön, oder?" Nach einer Pause: „Deine Mutter war auch sehr schön. Wie eine Zeder des Libanon, so sagt die Schrift, wie eine Gazelle. Ich wollte immer nur sie. Aber als du dann da warst, da stand ich doch lange in der zweiten Reihe, da kommen einem so einige Gedanken."

„Du meinst an andere Frauen?"

„Genau."

„Die Rede des Jesus ist dann wohl zu hart?"

„Sie will nichts vorschreiben, sie will dir die Richtung zeigen, in der du gehen kannst."

Das Gespräch machte mich nicht sicherer, wenn ich über meine Zukunft mit Hannah nachdachte. Ohne eine Frau gab es keine Versuchung der Untreue, aber mit einer Frau wie Hannah gab es mehr Leben, reicheres Leben.

In unserem Ort wohnt der Schimon, von dem sagen sie, er mache sich gar nichts aus Frauen. Die Kinder rufen ihm häufig Schimpfworte nach. Ist das eine Lösung, ohne Frau zu leben?

Aber in welche Richtung soll ich gehen? Einige sagen, Jesus habe empfohlen, um des Himmelreiches willen als Eunuch zu leben. Ist das die Freiheit im Reich Gottes?

Immer mehr ahne ich, dass Liebe keine theoretische Aufgabe ist. Sie kann nur praktisch gelöst werden.

Mutter schwärmte lange Zeit von solch einem Eunuchen-Apostel. Er war ein großer Mann mit schön frisiertem Bart, geistreich, mit erlesenen Manieren, wenn ich einmal davon absehe, dass er Frauen nie ins Gesicht zu blicken schien. Er hatte keine Familie, nicht einmal eine Frau. Doch um ihn herum war eine Aura von „Rühr mich nicht an". Die Frauen schwärmten von ihm. Aber ich glaube, keine wollte ihn zuhause haben. Diese fleischlose Geistlichkeit war ihnen doch nicht nach dem Geschmack. Ein wenig Schwärmen, kokette Sätze zum eigenen Mann, wie: „Schau mal, wie vornehm er auftritt!", oder: „Nimm dir einmal ein Beispiel an ihm, so etwas hätte er nie gesagt." Doch dann nahm Mutter den Vater in den Arm, und einmal hörte ich: „Er ist sicher begabt, aber dich Tollpatsch habe ich lieb." Danach schickten sie mich zum Spielen nach draußen.

Ehe

Ich liebe meine Frau. Aber sie ist weit weg, lebt in Deutschland, während ich hier in Antakya forsche. Ihre Nähe fehlt mir, ihre Berührung, der Klang ihrer Stimme. Ich bin auch nur ein Mann.

Gestern ertappte ich mich dabei, wie ich über Zärtlichkeiten mit meiner Kollegin phantasierte. Sie ist jung, sie ist sehr schön, bei der Hitze hier können mir die Reize ihrer Figur nicht verborgen bleiben. Und sie verehrt mich.

Vielleicht ließ ich meine Hand etwas zu lange auf ihrer Schulter. Vielleicht sah ich ihr beim Mittagessen etwas zu tief in die Augen. Ihr Blick wurde weich, wurde melancholisch. Sie mag mich. Aber ich bin ihr Chef, ich bin verheiratet, und sie soll in Deutschland einen Freund haben, glaube ich wenigstens.

Im Evangelium nach Matthäus steht, wer eine Frau nur begehrlich ansehe, der breche die Ehe. Wenn ich also sowieso ein Ehebrecher bin, warum dann auf den Genuss verzichten?

Ich liebe meine Frau. Das sage ich mir immer wieder. Der Evangelist hat keine Ahnung.

Wenn Jesus von den Eunuchen für das Himmelreich schwärmt, dann redet er, als hätte er nie als Mann gefühlt, als wäre er selbst ein Eunuch. Da ist mir Kant lieber: Handle so, dass du wollen kannst, dass die Maxime deines Handelns ein allgemeines Gesetz wären. Ich liebe meine Frau.

Der Tag war heiß und trocken gewesen, und auch der Abend brachte kaum etwas Kühle. Irmgard saß mir gegenüber, in ihren Text vertieft. Ganz von allein suchten meine Augen sie, lernten ihr Gesicht, ihr Haar, ihre Figur. Ihr Haar war ebenso braun wie ihre Augen, weiche Augen, wie mir auffiel. Sie trug ein gelbes Shirt, und wie oft im Labor keinen BH. Wenn sie wieder einmal Wasser brachte, „Chef, du musst trinken!", sah ich die Bewegung ihrer Brüste, roch ich, ihre Mischung aus trockener Wüste und einem grasduftigen Deo, oder war es ein Parfüm. Mein Blick ruhte wie von selbst auf ihr.

„Chef, muss ich mir Sorgen machen?"

„Wieso solltest du dir Sorgen machen?"

„Du hast wieder einmal den Blick, den manche Männer haben, wenn sie sehr allein sind."

Ich fühlte mich ertappt, und doch erleichtert, dass es von ihr kam.

„Ich bin sehr allein. Sollen wir nicht einen Spaziergang machen?"

„Machen wir, Chef. Ich zieh mich nur gerade um."

Sie verschwand in ihrem Zimmer. Nach nur wenigen Augenblicken trat sie wieder heraus, nun mit BH, wie ich erkannte, in einem farbigen

Seidenumhang mit passendem Schleier. Ohne Umhang und Schleier ging sie niemals aus dem Haus, nicht in diesem Land.

Dann gingen wir zur Stadt hinaus, auf einem Ziegenweg, der nach Nirgendwo hin zu führen schien. Steine, dürre Büsche, gelegentlich Unrat, überall Staub, am Himmel eine Sonne, die sich langsam darein schickte, hinter einem staubig-gelben Horizont zu vergehen.

„Was macht Helen?" eröffnete sie das Gespräch.

„Ihr geht es gut, jedenfalls sagte sie das bei unserem Telefonat gestern. - Aber sie ist so weit weg. Ich vermisse sie. Hier gibt es nur staubige Texte. Wenn ich dich nicht hätte, es wäre grässlich."

Irmgard lachte.

„So baggern also ältere Professoren ihre Assistentinnen an." Sie war so direkt, mir war es beinahe peinlich, aber gleichzeitig auch wohlig.

„Ich will dich nicht anbaggern. Aber sieh einmal. Mit den anderen Mitgliedern unserer Kampagne habe ich kaum Umgang. Und wenn doch einmal, dann nur um teuer geschmuggelten Alkohol zu vertilgen. Ansonsten gehöre ich in unser Labor. Und da sind nur wir beide."

„Recht hast du." Schweigen.

Dann sie: „Wie bringst du es überein, eine Familie zu haben und dann die meiste Zeit weit weg von ihr zu leben?"

„Mein Beruf eben."

„Ja. Meiner auch. Aber ich habe keine Familie, die auf mich wartet. Und ich suche mir auch keinen Freund, der mich meistens nur auf seinem Handy sehen kann. Erst Studium, der Beruf, dann das andere. Ich fürchte, sonst könnte es mich zerreißen."

„Manchmal zerreißt es mich."

„Und du hast sogar Kinder. Wie geht es denen damit?"

„Ich weiß es nicht. Wir haben es nicht diskutiert. Mein Beruf hat mich hier hingebracht, Basta. Meine Frau war einverstanden. Das weitere findet sich."

„Armer Chef!" Irmgard legte ihre Hand auf meinen Arm. Es tat gut, zu gut. „Hoffentlich schlägt es nicht eines Tages auf dich zurück."

Wir gingen wieder nebeneinander her, Professor und Assistentin, zwei Menschen, die sich in einer Aufgabe gefunden haben, die jedoch jeder einen anderen Preis zu zahlen hatten.

„Wie geht es mit deiner Übersetzung?"

„Gut, soviel ich beurteilen kann. Aber zu viele Stellen sind einfach nicht mehr zu rekonstruieren." Unser Gespräch hatte wieder den beruflichen Boden erreicht.

„Und du möchtest auch nach diesem Projekt daran weiterarbeiten?"

„Schrecklich gerne."

„Dann muss ich einmal sehen, ob ich eine Stelle für dich bekommen kann. Es wäre schön, wenn du deine Habilitationsarbeit über diesen Text schriebst. So gut wie du kennt ihn sonst kein Mensch."

Ich höre ein leises Seufzen, dann den Beginn eines erleichterten Aufatmens.

„Das wäre schön. - Aber du willst doch sicher alles selbst veröffentlichen?"

„Ich weiß es noch nicht. Was ich da lese, beunruhigt mich. Es ist so anders als alles, was ich in meiner Kindheit gelernt habe. Du musst wissen, ich war Messdiener, und habe immer den Religionsunterricht besucht. Und überall lernte ich ein Bild von der frühen Kirche, das triefte von Harmonie. Spannungen, gar Feindschaft gab es nur nach außen. Nicht dass ich schon damals alles geglaubt hätte. Aber so viel Kampf und Leiden schon in einer der ersten Gemeinden hätte ich nicht erwartet.

Und jetzt schwanke ich zwischen beruflicher Neugier, die mich immer wieder hinaustreibt, und Sesshaftigkeit bei meiner Familie, zwischen einer Religiosität im Schoß meiner Kirche und einer religiösen Freiheit, die mich zugleich einsam macht. Paul, du weißt, mein Sohn, machte mir bei meinem letzten Besuch zu Hause böse Vorwürfe. Zuerst dachte ich, es sei halt die Pubertät, aber es nagt an mir. Vielleicht ist doch etwas dran."

„Möchtest du mir davon erzählen?" Irmgard klang nun so sachlich, fast seelsorglich professionell.

„Nein. Ich möchte es zuerst einmal mit mir allein ausmachen. Wenn es dich betrifft, dann werden wir darüber reden."

„Mich?" Ha, jetzt hatte ich ihren professionellen Ton durchbrochen. Die Sonne war untergegangen, eine staubige, rote Sonne. Wir machten uns auf den Heimweg.

Etwas in mir war sehr traurig darüber, dass ich immer noch allein war, weit weg von jemandem, der mich in den Arm nahm, begehrte, den ich spüren konnte. Gleichzeitig war ich erleichtert. Ich war meiner Frau treu geblieben, vielleicht nicht in Gedanken, doch in Worten und Werken. Und das Verhältnis zu Irmgard war nicht durch eine aussichtslose Affäre belastet worden. Sie wusste, dass ich sie gerne mochte, vielleicht sogar liebte, aber sie kannte ihren Platz und sie verteidigte ihn, ganz ohne mich zu verletzen. Ich bewunderte sie.

Text 6

Mein Vater konnte sich aufregen, wenn jemand allzu genau wusste, was jeweils zu tun und was zu lassen sei.

„Junge, auch die beste Tat, aus einem gifterfüllten Herzen, erzeugt Böses."

„Und was soll man deiner Meinung nach tun?"

„Manchmal weiß ich es selbst nicht. Doch gerade dazu hat Jesus immer wieder gepredigt. In der Tat, er redete über das Tun, aber im Hintergrund stand bei ihm die Haltung. Ein Paulus aus Kleinasien soll es einmal so gesagt haben: ‚Was nützt die Beschneidung, wenn das Herz nicht beschnitten ist?' [28] Verstehst du das?"

Ich nickte.

„Und deshalb verlangte Jesus Ehrlichkeit in unserem Tun, und keine bloße Beschwörung der Wahrheit mit Worten. Wir haben in dieser Stadt Menschen, wenn sie sagen ‚Ich schwöre', dann kannst du sicher sein, dass sie lügen."

Ich kannte solche Leute. Meistens waren sie noch sehr jung und verbargen ihre Unwahrheit hinter solchen Floskeln.

Vater aber ließ sich nicht bremsen:

„Und dann erzählte man mir, wie Jesus lehrte, selbst seine Feinde zu lieben. Wenn einer dich nötigt, mit ihm zu gehen, ‚geh zwei Meilen mit ihm' [29], oder dir sein Hemd zu geben,

---

[28] Siehe Röm 2, 29.
[29] Mt 5,41.

‚lass ihm auch den Mantel' [30]. Es klingt alles ein bisschen verrückt, aber es ist eine konsequente Haltung."

Und künftige Jesusanhänger, so schoss es mir durch den Kopf, werden selbst mit dem mitgehen, der allein sein will, werden selbst dem ihren Mantel umhängen, der schon ohne diesen unter der Hitze stöhnt. Man kann eine Haltung nur durch Beispiele erklären. Doch diejenigen, die Anleitung für ihr Leben suchen, werden sich an den Beispielen festbeißen. Sie sehen nicht die Haltung sondern nur den Einzelfall. Und den wollen sie nachahmen, koste es, was es wolle. Vater ahnte, dass es nicht einfach sein würde, gerade die Haltung der Nachfolge einzuüben, deshalb setzte er ans Ende dieses Abschnitts die Worte: „Seid also vollkommen, wie euer himmlischer Vater vollkommen ist!" [31]

Mir kam der Satz irgendwie bekannt vor.

„Vater, hab ich solches nicht schon einmal gehört?"

„Gewiss. Es ist das Heiligkeitsgesetz, das uns Moses gegeben hat. [32] Jesus lehrt doch nichts anderes als Moses. Aber auch bei Moses verwechseln die Menschen das Tun mit der Haltung. Was war der Tanz um das ‚goldene Kalb' denn mehr als ein bisschen Herumgehopse? Aber es drückte die Haltung des Misstrauens aus. Und deshalb war es böse."

„Wie aber will man eine Haltung erkennen?"

---

[30] Mt 5,40.
[31] Mt 5,48.
[32] Lev 19,2.

„Sohn, von außen kann man sie nicht erkennen; niemand kann in das Herz des Mitmenschen schauen. Aber du selbst kannst dein Herz erforschen. Selbst bei deinem Feind siehst du nur sein Tun, nicht das, was in seinem Herzen vorgeht. Und das will Jesus womöglich sagen, wenn er zur Feindesliebe aufruft.

Ich will dir ein einfaches Beispiel nennen. Wenn du Hannah begehrst, ihr schöne Augen machst, zärtlich zu ihr bist, ist es dann Liebe oder hast du nur einen Samenstau? Nur du selbst kannst erkunden, was dein Motiv ist."

Na ja, so deutlich hätte er nicht auf Hannah anspielen müssen, denn damals hütete ich noch meine Gefühle wie ein kostbares Geheimnis. Und das Vater so platt darüber sprach, vor allem über einen Samenstau, das ärgerte mich doch etwas. Jedoch, was sollte ich sagen. Er hatte Recht. Dennoch war es nicht einfach, die Motive auseinander zu halten. Im Leben eines jungen Mannes war eben alles fürchterlich gemischt. Hätte ich so reine Gefühle, wie sie Jesus vorauszusetzen schien, das Leben wäre leicht. Doch so, wie es einmal war, war alles schwierig. ‚Wenn dich deine rechte Hand zum Bösen verführt, dann hau sie ab und wirf sie weg!' [33] Das ist gut gesagt, wenn man denn immer wüsste, was gut und böse sei. Wenn meine Rechte aber etwas tut, das böse und gut zugleich ist, soll ich sie zur Hälfte abhacken? Was in der Predigt so klar daher kommt, im Leben ist es selten so klar. Ob Vater das bedenkt? Oder schwenkt er auf die Linie derer ein, die immer genau

---

[33] Mt 5,30.

wissen, was sie zu tun haben, ohne Rücksicht auf die Folgen.

Es ist schon erstaunlich, wie genau dieser Sohn des Matthäus mein eigenes Dilemma beschreibt. Irmgard, ich begehre sie und will ihr auch gleichzeitig gut sein. Und manches Tun und Lassen ihr gegenüber atmet diese Doppeldeutigkeit. Zum Glück ist sie intelligent und hat Humor. Das hilft, wenn die Doppeldeutigkeit meines Verhaltens denn doch gelegentlich zu eindeutig wird.

In meinem Innern sagt es: ‚Wenn dir dein Beruf zur Versuchung wird, …‘. Ich höre nicht weiter zu.

In Bonn habe ich Frau und Kinder. Sie sind weit weg, gelegentlich habe ich das Gefühl, dass sich mein Abstand zu ihnen mit jedem Monat in Antakya vergrößert. Wollte ich das, als ich diesen Auftrag hier annahm? ‚Wenn dir dein Beruf zur Versuchung wird, …‘. Ich höre nicht weiter zu. Aber Gin ist auch keine Ablenkung.

Text 7

Sie waren viel umher gekommen, Simon und mein Vater, Freunde seit ihrer Jugend. An einem Sabbat saßen wir vor Gläsern voller heißem Tee, heiß und honigsüß, und Simon und Vater erzählten von früher. In letzter Zeit taten sie das gerne, so als müssten sie sich von ihren Erinnerungen verabschieden, Erinnerungen an ihre Bar Mitzwa, an die Streiche, die sie den Römern gespielt hatten, nicht immer ungefährlich, aber immer gut ausgegangen. Vor allem an die Mädchen. Die vielen „Weißt du noch?", „Erinnerst du dich noch an?" waren für mich Jungen eher langweilig, denn ich wusste nicht, ich erinnerte mich nicht, ich hatte genug damit zu tun, meine eigenen Freundschaften in guter Ordnung zu halten. Wenn Mutter zu uns herein kam, um neuen Tee zu bringen, hatte sie dieses Lächeln des Eroberers in den Augen, als wolle sie sagen: Ja, ja, ihr wart tolle Hechte, aber jetzt schwimmt ihr brav im heimischen Becken und träumt nur noch davon, wie die jungen Fischlein geschmeckt haben. Mutter schien mir in Fragen der Beziehung immer die Weisere zu sein.

„Habt auch ihr damals den Rabbi Jesus kennengelernt?" Hätte ich nachgerechnet, dann wäre mir aufgegangen, wie sinnlos diese Frage war. So alt war Vater nun doch nicht. Er aber antwortete ganz ernsthaft:
"Leider haben wir ihn selbst nicht mehr erleben können."

„Ja leider", ergänzte Simon, „doch du ahnst nicht, wie begeistert die von ihm redeten, die ihn noch gekannt hatten. Mattes, erinnerst du dich noch an den Besuch meines Onkels Jael? Du warst auch dabei."

Simon redete meinen Vater immer mit „Mattes" an, so als hätten sie eine Geheimsprache von Jugend an.

„Und ob ich mich erinnere. Dein Onkel Jael war da, deine Tante Rahel, und sie hatten noch einen Freund mitgebracht, den Schimi. So hieß der doch, oder?"

„Ja, so hieß der."

„Und deine Mutter hatte Kichererbsenbällchen gebacken. Sie hatte sie in Gänseschmalz ausgebacken und ich habe viel zu viele gegessen. Mir tat der ganze Bauch weh. Aber die Bällchen deiner Mutter schmeckten einfach zu gut."

„Wem sagst du das? Nach dem Essen erzählten dann die Männer davon, wie sie einmal bei Jesus waren."

„Jetzt erinnere ich mich auch. Sie konnten nicht satt werden, von ihm zu erzählen. Es war, als habe sich die Erinnerung an ihn regelrecht in ihr Herz eingebrannt."

„Und was erzählten sie so?"

Vater wiederholte, was er sicher schon hundertmal zuvor erzählt hatte. Sein Gedächtnis war phänomenal. Manchmal klang es wie auswendig gelernt. Und so berichtete er, was er damals gehört hatte:

„Schimi erzählte, wie sie zum See gezogen sind. Es war Frühling, das Gras war noch grün, auch ein wenig feucht. Ihre Neugier hatte sie einfach hinter den anderen her getrieben. Dann trafen sie auf Jesus. Es waren viele Leute um ihn her. Und er sprach am liebsten im Sitzen."

„Unser Lehrer redet auch immer im Sitzen, nur uns lässt er stehen." Auch ich wollte etwas sagen. Vater ließ sich nicht unterbrechen. Wenn er so von Schimi berichtete, dann war er der Schimi selbst, der von Jesus erzählte:

„Er brauchte ein wenig Abstand, dann redete er. Nicht laut, aber deutlich. Alle waren gebannt von seiner Rede. Schnell fand er ein Thema, und dann sprach er die Menschen an, antwortete ihnen, erzählte kleine Geschichten. Überhaupt hatte er es mit den Vergleichen."
Zu Simon gewandt: „Dein Vater ergänzte:
„Da gab es doch die Geschichte von dem Mann, der seine Frau entlassen hatte? Weißt du noch? Lass mich sie erzählen. Also die Frau, die war ihm mit der Zeit allzu zänkisch geworden. Aber da hättest du Jesus hören sollen! - Du meinst, eine zänkische Frau kann man entlassen? - Aber sicher. Der Mann blickte sich umher, Zustimmung sammelnd. Jesus aber hielt ihn mit seiner Rede fest. Und du meinst, einen saufenden Mann kann eine Frau entlassen? - Natürlich nicht. Nur ein Mann kann eine Frau entlassen. Wieder der triumphierende Blick in die Runde. Dann meinst du sicher, Adonai liebe seine Menschenkinder nicht alle gleich. Die einen hat er zum Herrschen bestimmt, die anderen zum beherrscht werden. - Genau. - Worauf wollte er hinaus? Das sagten doch alle. Aber Jesus: Ich wusste gar nicht, dass du so sehr mit den Römern liebäugelst. Du sagst doch, die einen habe Adonai zum Herrschen bestimmt, die anderen zum beherrscht werden. Wie bei den Römern.'

„Doch dann wurde er wieder der Gesetzeslehrer", Simon übernahm hier Schimis Erzählung:
„die Mächtigen dieser Welt herrschen auf die Untergebenen herab. Bei euch soll es nicht so sein. Wer bei euch der erste sein will, der soll allen anderen dienen." [34] „
„So erzählte Schimi, so hatte Jesus gesprochen."

Allen Menschen dienen, das schien mir damals ein gutes Programm. Später lernte ich, wie man selbst daraus Macht gewinnen kann. Zuerst musste man den Satz ändern: Nicht mehr sollte es heißen, „der muss allen anderen dienen", sondern „der sei der Diener aller". Den Unterschied bemerkt man kaum, aber er führt weg vom Tun und hin zum Status. ‚Diener aller', das konnte ein Titel werden, und mit dem Titel kam der Machtanspruch. Der ‚Diener-aller' sagt allen, was zu denken ist, was zu tun ist. Die Gleichordnung Gottes wird schrittweise zu einer Unterordnung. Doch damals sah ich diese Entwicklung noch nicht. Damals fragte ich: „Und was meinte euer Jesus zur Ehescheidung?"
„Kurz gesagt, er war dagegen." Simon hatte mir geantwortet. Nun fuhr er fort:
„Auch diese Frage war Jesus damals gestellt worden. Mein Vater hatte es selbst gehört. Aber dann, so erzählten die, die dabei waren, dann soll Jesus den Spieß umgedreht haben.
Nun sprach wieder Schimi aus Simon, der Schimi, der bei alledem dabei war:

---

[34] Mt 20,25-27.

„Es war, als sei ihm die Scheidung etwas Äußerliches, etwas Böses, aber doch äußerlich. Für Jesus schien das Äußerliche das Zeichen für etwas zu sein, das in dir innen drin passiert. Wenn du nicht gut zu deiner Frau bist, dann bist du schon auf dem Weg zur Scheidung. Und wenn eine Frau andauernd ihren Mann auszankt, dann hat sie den ersten Schritt in Richtung Scheidung getan. Nicht auf das Tun schien es ihm anzukommen, sondern auf die Haltung."
Simon weiter: „Mein Vater ergänzte: „dann soll er ganz streng geworden sein: Wer schon einer anderen Frau solche Äugelchen macht, dass sie mit ihm ins Bett gehen möchte, der bricht die Ehe."
Schimi: „So kannst du das nicht erzählen, das ist zu kurz. Jesus fragte einen Mann vor ihm: Du, wenn du eine richtig schöne Frau siehst, so eine, wie sie das Lied der Lieder besingt, so eine, nach der sich die Männer die Lippen lecken; - so konnte er reden, und deshalb hingen alle gebannt an seinen Lippen; - nun malst du dir aus, wie schön es wäre, mit ihr zu schlafen, was sagt das Gesetz dazu? - Und der Mann antwortete: Du sollst die Ehe nicht brechen. - Richtig, das sagt das Gesetz. Und einige meinen, das gelte nur für das ehebrecherische Tun. Ich hingegen deute es anders. Sobald du nur eine Frau ansiehst, weil du die Absicht hast mit ihr zu schlafen, dann brichst du die Ehe."
„Du meinst, wenn du sie so ansiehst, wie du damals die Mädchen angestrahlt hast. Und manchmal hattest du damit doch Erfolg." Jael konnte sich diese Bemerkung wohl nicht verkneifen, und die drei alten Männer lachten. Ihre Frauen

guckten nicht ganz so glücklich drein. Aber Simons Mutter
rettete die Situation:
„Heute strahlt er nur noch dann sein Siegerlächeln, wenn er
möchte, dass ich ihm Kichererbsenbällchen backe."
Das Gespräch lief aber weiter in der Spur Jesu.
„Ich hielt das damals für zu streng", Simons Vater
übernahm wieder. „Mein Vater sagte immer: An jedem
Gasthof magst du lesen, was man dort kocht, aber
gegessen wird zu Hause."

Mich befiel nicht geringe Verwirrung, als ich die beiden
Alten so erzählen hörte, war ich doch in einem Alter, in dem
einem viele Mädchen köstlich erschienen, auch köstlich, mit
ihnen die Freuden der Liebe zu genießen. Ein wenig
bewunderte ich ihn, Jael, den Hecht. Erst später lernte ich,
dass meine Gefühle ein Echo waren meiner Liebe zu
Hannah, aber in diesem Augenblick blieb mir kein Raum,
darüber nachzudenken, denn die beiden Männer waren in
Schwung gekommen, es war noch viel zu erzählen.
Wenn sie so weiter erzählten, was ihre Väter und Mütter
schon erzählt hatten, dann ahnte ich, was Tradition
bedeutet. Die Geschichten um Jesus wurden so erzählt, als
wäre man soeben selbst dabei gewesen. Irgendwie hatte
ich ein Gefühl, als sei Jesus selbst mitten unter uns, wenn
wir die Geschichten weitergaben, die unsere Eltern uns
überliefert hatten. Sollte ich einmal Kinder haben, …
Im Augenblick traute ich mich noch nicht, diesen Gedanken
zu Ende zu denken.

Zwischen den Frauen

Wir telefonierten regelmäßig miteinander, Helen und ich, erzählten uns die kleinen Dinge des Alltags und ich wunderte mich, wie die Gespräche von Mal zu Mal flacher wurden. Ich erzählte nichts, was sie hätte aufregen können. Sie kannte Irmgard gut, zu Hause spöttelte sie bisweilen über sie als meine ältere Tochter, wohl auch, um mich vornehm an den Altersunterschied zu erinnern. Jetzt sprachen wir nie über Irmgard.

Von dem Artikel im BRENNGLAS hatte sie mir erzählt, und welchen Wirbel der verursacht hatte. In Pauls Klasse hatte der Reli-Lehrer wohl etwas dazu gesagt. Aber dabei blieb es. Was machte meine derzeitige Arbeit mit ihr? Was machte meine Abwesenheit mit den Kindern? Der Abstand von Zuhause war zugleich eine Entfernung von den Herzen. Der Gedanke klingt pathetisch, aber er tat weh.

Dann kam jenes Telefonat, in dem wir wieder über tausend Belanglosigkeiten redeten, bis sie am Ende sagte:

„In den nächsten beiden Wochen brauchst du nicht anzurufen, ich werde nicht hier sein."

„Verreist du, oder was ist?"

„Ich gehe ins Krankenhaus. Man hat eine Eierstock-Zyste festgestellt, die durch Medikamente nicht zurückging, und nun soll sie operiert werden."

„Da hast du nie etwas von gesagt."

„Ich wollte dich nicht aufregen. Es wird schon alles gut gehen."

Ihr Tonfall zeigte mir, dass sie gar nicht so fest glaubte, dass alles gut gehen werde. Aber warum wollte sie mich nicht aufregen? All diese kleinen Entscheidungen, die mich nicht belasten sollten, schoben mich immer weiter weg aus ihrem Leben. Und jetzt stand sie mit ihrer Angst allein da.

„Aber ich höre bei dir doch etwas Sorge. Möchtest du, dass ich für ein paar Tage nach Bonn komme?"

„Bleib ruhig in Antakya. Und mach dir um mich keinen Kummer, ich mach das schon."

Es war alles gesagt. Das Gespräch glitt noch eine Weile dahin, dann saßen wir beide mit unseren Sorgen wieder allein da. Ich flog nicht nach Bonn.

Wem diene ich eigentlich? Meiner Frau – gerade als sie mich brauchte, war ich nicht bei ihr; meinen Kindern – sie sind mir mehr und mehr fremd geworden; meinem Beruf – ist es der höchste Sinn meines Lebens, alte Texte zu entziffern? Und wenn ich das Entziffern meiner Assistentin überließe?

Mit diesen trüben Gedanken ging ich in die Bar meines Hotels. In einem muslimisch geprägten Land gibt es „keinen" Alkohol, folglich ist er sehr teuer. Ich trank drei Glas Gin, für den Preis kann man sich hier fast ein Fahrrad kaufen. War mir danach besser? Meine Stimmung war immer noch schwermütig, nur mein Geldbeutel fühlte sich wunderbar erleichtert. Morgen werde ich wohl einen ausgewachsenen Kater haben.

Mohamed, der Barmann, lächelte und sagte:

„Du brauchst nicht trinken, du brauchst eine Frau!"

Barmänner sind manchmal weise. Aber meine Frau ist weit weg. In ein Bordell mag ich nicht gehen. Bleibt nur noch meine Assistentin. Ich klopfte an ihrer Zimmertür. Sie öffnete:

„Oh, da geht es aber einem ziemlich schlecht. Komm herein, ich mach dir einen starken Kaffee."

Ich setzte mich auf ihr Bett, sie brachte mir den Kaffee und ein honigtriefendes Gebäck, eine Baklava. Wen Frauen lieben, den füttern sie. Sex hatte ich mir anders vorgestellt. Aber jetzt war eh alles egal. Dann muss ich eingeschlafen sein, denn heute Morgen wurde ich in ihrem Bett wach. Sofort meldete sich das, was man gemeinhin ein Gewissen nennt. Aber ich wusste von der Nacht nichts mehr. Nach dem Honiggebäck endete meine Erinnerung.

„Keine Sorge",

Irmgard war schon wach und hatte auch schon Kaffee gekocht, „es ist nichts passiert, was du deiner Frau nicht erzählen könntest."

Sie lachte über das ganze Gesicht.

„Peter, ich habe heute in deinem Zimmer übernachtet. Und wenn ich mir eine Bemerkung erlauben darf, deinen Pyjama solltest du waschen lassen. In diesem Klima schwitzt man mehr als in Deutschland."

Text 8

Ein Text war Vaters ganzer Stolz. Er zeigte ihn mir. Da las ich, wie Jesus seine Schüler angeleitet hatte zu beten. „Und beten sie so?"

„Nur so. Sie sagen diese Worte auf, bei aller und jeder Gelegenheit. Sie haben schon einen eigenen Namen, ‚Vaterunser'. Es ist das Gebet, das Jesus seine Schüler lehrte."

Vater strahlte. Hier hatte er Worte seines Jesus.

„Aber es ist doch kein Gebet wie andere Gebete. Es ist eine Rede zu einem sehr vertrauten Vater-Gott."

„Es ist ein Gebet."

Vater ließ da nicht mit sich reden. Mir aber schien es mehr das Muster eines sehr persönlichen Gebets zu sein. Redet zu eurem himmlischen Vater eben wie zu einem Vater. Für ein formales Gebet, gar ein öffentliches Gebet, war es viel zu persönlich und zu unbestimmt.

„Schau einmal: Dein Reich komme, dein Wille geschehe. Das sagt man einem Vater, mit dessen Plänen man einverstanden ist, einem Vater auch, der weiß, was man mit diesen Worten meint. Kaum aber werden sie von Menschen gesprochen, werden die Worte mehrdeutig. Das Reich des Vaters, geht es darin zu wie in einer Familie, oder ist es ein Machtgefüge wie das römische Reich?" Mir ahnte schon damals, dass bald fromme Leute kommen würden mit der Lehre, das Reich Gottes sei hierarchisch wie das Reich der Menschen, Leute, die glauben, den Willen des Vaters verdolmetschen zu können. Wenn man sich nur auf Jesus beriefe, so könne man sogar das Gegenteil dessen sagen, was Jesus wollte. Welches Reich meinte er? Und wie übersetzt man den Willen des Vaters?

„Und so geht es weiter: ‚Vergib uns, wie auch wir vergeben.‘ Das kann man nur sagen, wenn man mit dem Angeredeten völlig vertraut ist. Jesus konnte seinem Vater sagen, nimm dir ein Beispiel an mir. Können auch wir das sagen, dieses ‚wie auch wir‘?"

Als ich das meinem Vater vortrug, wiegte er den Kopf, wie er es gerne tat, wenn er etwas noch einmal durchdenken wollte. Und dann schrieb er nicht nur diese Worte Jesu in seine Geschichte, er ergänzte sie durch eine schlichte, zweifache Erklärung Jesu für seine Schüler: ‚Denn wenn ihr vergebt, wird euch vergeben, wenn ihr nicht vergebt, wird auch euch nicht vergeben.‘ [35] Gott soll in seinem Urteil das Maß an unserem Tun und Handeln nehmen, nicht daran, dass wir über alle Zweifel gut handeln, sondern an unserer eigenen Bereitschaft, gut zu sein und zu vergeben, oder nicht.

Wieder war es die Doppeldeutigkeit dieses kleinen Textes, die mich weniger an ein formales Gebet als an eine Rede zwischen zwei Personen denken lässt, die sich völlig vertraut sind. Jesus hätte einfacher sagen können: Wenn ihr zu Gott betet, dann redet zu einem Vater, dessen herzlichen Wohlwollens ihr gewiss seid.

---

[35] Siehe Mt 6, 14-15.

Das erklärt mir auch den Satz, dass Gott uns nicht in Versuchung führen solle. Wie ich die Menschen kenne, warte ich geradezu darauf, dass man es auslegt, als spiele Gott den eifersüchtigen Treuetester. Hat er es nicht auch so mit Abraham gehalten, als er dem auftrug, seinen Sohn zu schlachten. Was ist die Voraussetzung, mit der diese Sätze gebetet werden? Will Gott einen fraglosen Gehorsam und überprüft diesen durch die Versuchung? In diesem Sinn hat sich Abraham bewährt. Ist Gott aber der Partner einer liebevollen Beziehung, dann lese ich den Satz anders: Bei aller Liebe zu dir, Gott, bist du mir doch manchmal fremd. Lass mich diese Fremdheit aushalten und lass sie nicht zu einem Anlass werden, mir deiner und deines Wohlwollens nicht mehr sicher zu sein. Wenn Abraham sein eigenes Gewissen ausschaltete, um einem vermeintlichen Gottesbefehl zu gehorchen, dann hat er die Fremdheit Gottes nicht ausgehalten. Er hätte nachfragen können, er hätte nachfragen müssen.

Verzeihen

Als ich hier in Antakya diesen Teil las, wieder und wieder las, wurde ich mir selbst ungewiss, was dieses Gebet ausdrücken wollte. Der häufige Gebrauch verleitet zum Überhören. Doch wenn ich genau hinhorche, was will ich zu Gott sagen, wenn ich es bete? Der erste Teil wendet sich an einen Gott, den Herrn des Himmels und der Erde, aber die zweite Hälfte wendet sich an Gott wie an einen Menschen. Vor allem der Satz, dass Gott uns vergeben möge, wie auch wir vergeben, dieser Satz beunruhigte mich nicht wenig wegen seiner tiefen Doppeldeutigkeit. Denn auf der einen Seite sagt er, Gott solle sich doch bitte an uns und unserem Tun ein Beispiel nehmen, und das einem Gott gesagt ist mindestens eine Unverschämtheit. Nicht einmal meinem Pfarrer in Bonn dürfte man so etwas sagen, von meinem Bischof, Papst oder Gott selbst ganz zu schweigen. War die Beziehung Jesu zu seinem Vater so eng, dass er sich solche Unverschämtheit erlauben konnte? Der Sohn des Schreibers erkennt sehr gut, dass sein Vater das nicht unkommentiert stehen lassen konnte und es ergänzen musste. Aber muss ich den Satz so lesen, oder sagt er etwas völlig anderes, sagt er dem himmlischen Vater, dass er Schuld vergeben möge, aber nur dem, der auch selbst bereit sei, Schuld zu vergeben. Dann ist es ein harter Satz. Kann ich immer vergeben, kann ich meine Gefühle der Rache, des Zorns so weit unterdrücken, dass ich selbst wieder den anderen als meinen Bruder, die andere als meine Schwester sehen kann?

Werde ich meinem Sohn vergeben können, wenn er glaubt, seinen ungläubigen Vater um Jesu willen hassen zu müssen? Und schlimmer noch, wird mein Sohn mir verzeihen können, was immer er mir auch vorwirft, oder stoße ich ihn mit dieser Bitte an Gott in den Abgrund ewiger Unversöhntheit.

Was ich selten tu, ich bete für meinen Sohn, dass er nicht unversöhnt mit mir und den anderen Menschen vor seinen Gott trete. Wie ein Schöffe sehe ich mich beim Gericht Gottes, eine schreckliche Phantasie, und mein eigenes Kind ist der Unversöhnlichkeit angeklagt. Er mag mit all seinen Vorwürfen Recht haben, aber er darf nicht mit seinen Vorwürfen vor Gottes Gericht erscheinen und dann sagen, Vater, vergib mir meine Schuld in dem Maß, wie auch ich zu vergeben bereit war. - Es ist nur eine Phantasie, aber für einen Vater ist sie schrecklich. Wenn das das Gericht ist, dann wäre ich lieber selbst der Angeklagte.

Gestern Abend, zum Arbeiten war ich zu müde, mochte auch keine Kollegen sehen, nicht einmal Irmgard. Ich lag auf meinem Bett, dachte vor mich hin, fühlte mich reichlich elend. Was mache ich hier in dieser Gegend, die heute zur Türkei gehört, in der Antike zu Syrien? Wen interessieren schon diese alten Schriften? Für wen arbeite ich hier? Helen interessiert sich nicht für meine Arbeit. Wann hatte sie das letzte Mal gefragt, was ich in meinem Beruf tue? Die Kinder dürften wohl kaum verstehen, was mich nach Antakya trieb. Für sie war ich der abwesende Vater. Wollte ich es allen noch einmal zeigen, wie tüchtig ich bin, wie gut? Klar, ich war ein angesehener Professor, verdiente nicht schlecht mit meinem Beruf, konnte Helen ein bequemes Leben, den Kindern eine gute Ausbildung ermöglichen. Doch da war immer noch die Frage: Ist das alles?

Leben ist Leben mit anderen. Allein geht man den Weg zum Tod. Selbst wenn ich nur ein Buch lese, es ist ein Gespräch mit einem Anderen, wenn ich ein Lied singe, jemand hat es aufgeschrieben. Für mich allein wandere ich dem Tod zu, dem endgültigen „allein". Ich werde mich mehr um meine Familie kümmern müssen. Nur noch dieses hier. Danach ...

Seltsam, wie oft so ein „nur noch" meinen Beziehungen zu Anderen in den Weg tritt.

Leben ist Mitleben. Allein bin ich tot, lebendig bin ich in meiner Familie, in der Schar meiner Kollegen, meiner Kolleginnen, in meiner Gemeinde, in ...

Ich bemerke, wie mir der Text des „Vaterunsers" [36] im Kopf herum spukt. Du, dein, unser, wir, der Text lebt geradezu in Begegnung und Miteinander. Nur der Teufel sagt „mich" [37]. Gibt er so schnell auf, wenn man nur „wir" sagt? Armer Teufel. Die Menschen sollte er doch genau so mit einem „wir" verwirren können. Was sind das denn für Beziehungen, die uns leben lassen? Sind sie Über- und Unterordnung, bleibt uns nur die Wahl, Herren zu sein oder Knechte? Oder gibt eine andere Art des „wir", ohne Macht. Die Franzosen nannten es „fraternité" und dann wählten sie einen Kaiser. Wir Katholiken sind vor Gott alle gleich, aber hier unten haben wir Hirten und Oberhirten. ... Bist kein armer Teufel, du kannst es auch mit „wir". Wenn Jesus sich Gott gar nicht unterordnete, wenn er einfach sein Freund war? Mir schwirrt der Kopf. Ich stehe auf, ziehe meine Jacke über, geh in die Hotelbar. Mit dem Barkellner habe ich mich bestens verstanden, brüderlich, die Getränke gingen auf

---

[36] Mt 6,9-13.
[37] Mt 4,9.

mich. Beim Abschied meinte er, das sei doch nicht nötig. Redete er von meinem Bezahlen oder von meiner Arbeit? Aber er hatte mich verstanden, glaubte ich wenigstens.

Aus Pauls Tagebuch

Wir haben uns ausgesprochen, Vater und ich, aber es war keine Versöhnung. Immer mehr wird Vater zu meinem Gegenbeispiel, zu dem, was ich nicht werden will. Wie er seinen Beruf so über alles stellt. Als wäre es für die Menschheit wichtig, dass ein alter Text wieder lesbar wird. Man muss etwas wählen, was bedeutsam ist. Pater Ansgar sagt, das wirklich Wichtige, das würden nicht wir wählen, das würde uns erwählen, er nannte es Berufung. Aber bin ich zu etwas berufen?

Wie ich mein Leben heute sehe, ist meine erste Aufgabe, meiner Mutter beizustehen. Sie braucht jetzt alle meine Hilfe. Und später? Sie wird nicht ewig leben. Wer braucht dann meine Hilfe? Wenn ich höre, wie Pater Ansgar von der Mutter Kirche redet, die heute von allen Seiten bedrängt wird, dann frage ich mich schon manchmal, ob ich auch ihr beistehen sollte. Ist das meine Berufung? Aber darüber sollte ich heute nicht grübeln. Wenn Gott mich will, wird er es mir schon zeigen.

Die Heimreise

Zerstörung

Wir waren mitten in der Entfaltung und Sichtung unseres Kodex, als uns ein Anruf des Forschungsleiters zur Grabungsstelle rief. Ali brachte uns mit unserem Jeep dorthin. Die Neugier darauf, was man wohl gefunden habe, ließ uns über die holperige Fahrt hinwegsehen. Wir wollten nur so schnell wie möglich an den Ort des Geschehens. Alis „Alter Wagen kann nicht schnell" wirkte wie eine leichte Folter. Dann erreichten wir das Camp. Der Leiter, Dr. Bengtsch, erwartete uns schon.

„Kommt mit, jetzt wird es spannend."

Auf dem Weg erzählte er uns, dass man 12 Meter neben dem „Christlichen Haus", wie wir es inzwischen nannten, eine Werkstatt ausgegraben hatte. Sie war offensichtlich einem Brand zum Opfer gefallen. Einige Messinggefäße lagen unter einer Brandschicht. Nun war man dabei, den Sondierungsgraben nach beiden Seiten auszudehnen, um diese Werkstatt zu erforschen.

Viel zu langsam ging die Grabung voran, und immer wieder tauchte unter der Brandschicht etwas Metallenes auf, meist grünes Kupfer oder Messing, wurde vermessen, in der Fundlage fotografiert, behutsam der Erde entnommen, oberflächlich gereinigt und lag dann vor Dr. Bengtsch und mir auf dem Labortisch. Bengtsch untersuchte es auf Stilmerkmale und Form, ich durfte Inschriften darauf suchen, wie „Guten Appetit" oder „meinem lieben Freund", und was dergleichen gelegentlich auf alten Gefäßen stand. Dann wanderte das kostbare Stück in den Fundecontainer, in dem es später zu einem Museum und einer gründlichen Bearbeitung gebracht werden sollte.

So hatten wir schon vier Tage an dieser Werkstatt gegraben, vor allem in der Richtung, in der die Brandschicht dicker zu werden schien. Am Mittag des fünften Tages fanden die Gräber den ersten Knochen. Weitere Ausgrabung zeigte: Ein Mensch war diesem Feuer zum Opfer gefallen, die Asche hatte ihn zugedeckt und einige Knochen hatten die Zeit überdauert. Es waren die Gebeine eines Mannes. War er ein Schmied? Wollte er etwas aus seiner Werkstatt retten? Vorerst gaben uns diese Knochen nur Rätsel auf. Wir mussten weitersuchen.

Am dicksten war die Brandschicht in der Umgebung eines Kohleofens. Wurden hier Metalle gegossen? Wurde hier Kupfer ausgeglüht? Hatte sich das Feuer von diesem Ofen aus verbreitet? Auf den ersten Blick sah es wie ein Brand aus, der von einer Schmiedeesse ausging und dann die ganze Schmiede zerstört hatte. Warum war der Mann aber nicht nach außen geflohen, warum war er im Innern der Schmiede gefunden worden?

Wir suchten weiter, und dann fanden wir eine kleine Bronzestatue der Göttin Astarte, erkennbar an den nackten Brüsten und den Mondhörnern in ihrer Frisur. Im Vergleich mit anderen Statuetten trug ihr Gesicht auffallend individuelle Züge. Und der Sockel trug eine Inschrift. Mein Herz machte einen Sprung bei dieser Entdeckung. Da stand: „Du hast mir meine Liebste genommen. Nun schenke mir Trost in der Arbeit." Ein ganzer Film lief in meiner Phantasie ab, ein Film von einem Mann, dem ein Unglück die Frau genommen hatte, der dann das Bild der Todesgöttin geschaffen hatte mit den Gesichtszügen seiner Frau. Von ihr verlassen widmete er sich vollständig seiner Arbeit, bis diese Arbeit ihn selbst wegnahm, als ein Brand des Gussofens seine Werkstatt zerstörte. Nur dieses Bild, in gleicher Weise ein Bild seiner Liebsten und der Göttin, das wollte er noch retten, aber dann erreichte auch ihn das Feuer. Die Göttin hatte auch ihn hinweg genommen.

Neben den Knochen wanderte auch dieses Kultbild in den Fundecontainer. Alles sollte später gründlich untersucht werden. Es würde nie dazu kommen.

Nur eine Woche später, es war ein Sonntag, da rief mich Dr. Bengtsch an und berichtete, dass in der

Nacht der Fundecontainer aufgebrochen worden war. Alle metallenen Geräte waren gestohlen, die Knochen zerstreut, das Bild der Göttin aber war zerstört worden, in Stücke zerschlagen. Das Liebeszeugnis des antiken Schmieds überdauerte nicht sein Wiederfinden in unseren Tagen. In ungelenker Schrift stand auf einem Zettel: „Das Türkische den Türken!". Im Lager scheint es niemand gehört zu haben, nicht einmal die Lagerwachen.

„Diese Zerstörung konnte man nicht überhören.", so Dr. Bengtsch.

„Die Arbeiter wussten es. Vielleicht hatten sie Angst vor denen, die alles raubten."

„Sie können sogar den Räubern berichtet haben, was hier zu finden sei."

„Können wir unseren Arbeitern noch trauen?"

„Die Zerstörung der Astartefigur deutet auf einen religiösen Hintergrund. Wer zerstört heute Götterfiguren außer religiösen Extremisten."

Unter uns Forschern schwirrten die verschiedenen Meinungen. Und je weniger wir wussten, desto üppiger sprossen die Vermutungen.

Irmgard setzte sich gleich nach der Nachricht an den Computer und durchsuchte das Internet: „Heute schreibt jeder im Internet, der glaubt, eine Großtat begangen zu haben." Und sie wurde fündig. Einer rühmte sich, das Götzenbild zerschlagen zu haben, etliche stimmten ihm zu. Auch das Zerschlagen der

Knochen dieses Götzendieners wurde mit Gefallen zur Kenntnis genommen. Die übrigen Fundstücke wurden zu einem „Schatz des türkischen Volkes" gebracht. Uns war völlig schleierhaft, was es mit diesem Schatz auf sich habe oder wo er sei. Doch das schien mir eher die Aufgabe der Polizei zu sein. Die aber, das sollten wir bald merken, zeigte keinerlei Interesse daran, den Raub aufzuklären. Ich weiß nicht, ob Furcht sie davon abhielt oder ob sie insgeheim gemeinsame Sache mit den Räubern machte.

Was mich verwunderte, war, dass mein Textlabor in der Stadt bisher nicht angerührt worden war. Aber waren unsere Texte noch sicher. Was würde mit dem Kodex geschehen, wenn Fanatiker ihn in ihre Hände bekämen. Es wurde Zeit, mit dem deutschen Botschafter die Lage zu besprechen. Also fragte ich in Ankara nach, ob ich einen Termin beim Botschafter erhalten könne. Nach der öffentlichen Aufregung um den Raub gelang das überraschend schnell.

„Wir müssen erst einmal prüfen, ob Sie rechtmäßig im Besitz dieses Kodex sind." Die Prüfung dauerte einige Tage, doch die Grabungslizenz war in Ordnung, und der endgültige Verbleib wertvoller Funde sollte erst nach ihrer wissenschaftlichen Untersuchung entschieden werden, spätestens aber fünf Jahre nach ihrem Auffinden, damit wir nicht unter dem Vorwand weiterer Untersuchungen die Funde würden behalten können.

„Es spricht nichts dagegen, den Kodex nach Deutschland in ein sicheres Labor zu bringen. Allerdings könnte es sein, dass der Zoll Schwierigkeiten macht. Ein kleiner Zöllner kennt nicht die Gepflogenheiten internationaler Ausgrabungen. Wenn man den Kodex am Zoll beschlagnahmt, dann kann es gut sein, dass er nach Klären aller Ansprüche einfach nicht mehr aufzufinden ist. Und überdies zeigt das Verhalten der Polizei in Antakya, dass die Räuber sogar bei den Ordnungskräften auf eine gewisse Unterstützung hoffen können, ob aus Angst oder aus Gefolgschaft, das entzieht sich unserer Kenntnis. Aber bitte sprechen Sie nicht über dieses Thema, es würde uns nur Schwierigkeiten machen. Bringen Sie uns einfach den Kodex hierher in die Botschaft. Wir werden dann sehen, was wir machen können."

So geschah es, dass ich den Kodex der deutschen Botschaft zustellte, von wo er dann weiter als Diplomatengepäck seine Reise nach Deutschland, genauer nach Bonn, antrat. Danach wurde die türkische Regierung informiert und die Untersuchungsfrist bestätigt. Wir hatten also knapp fünf Jahre Zeit, den Kodex nach allen Regeln der Kunst zu erforschen.

Eine Woche später saßen Irmgard und ich im Flugzeug Richtung Heimat. Die weitere Forschung sollte dort stattfinden. Für mich war es auch die Rückkehr zu meiner Familie.

Nach der traurigen Erfahrung des Raubes aller Fundstücke wurde die Grabung aufgegeben. Bis heute weiß niemand, was die Erde in Antakya noch an Botschaften an uns Heutige birgt. Aber zu groß ist die Sorge, dass jede Entdeckung zur sofortigen Zerstörung führen könnte.

Im Flugzeug

Eine Flugreise dauert lange. Anfangs schwätzte ich noch etwas mit Irmgard, aber dann sah ich, wie sie müde wurde, wie ihre Augen kleiner wurden und nur noch der Anstand sie offenhielt. Ich schwieg.

Dann nahm ich meinen Schreibblock und begann zu schreiben. Konnte auch ich die Worte des Evangeliums kommentieren, in meine Zeit hineinlesen? Das Vorbild des Sohnes des Matthäus, denn dass er der Schreiber war, schien uns inzwischen sicher, war ansteckend. Zu dem dreizehnten Kapitel des Evangeliums hatten wir bisher noch nichts gefunden. Das schien mir ein guter Stoff für mein Experiment. [38]

---

[38] Vergleiche Mt 13,3-8.

Der Sämann

Damals setzte sich Gott an den Rand des Himmels und sah auf die Erde nieder, und eine Gruppe von Engeln saß um ihn herum, und er sagte: „Seht, ein Bauer sät Samen auf seinen Acker", und er zeigte ihnen den Bauern, der saß auf einem Traktor und daran hing ein Kultivator, eine Art Pflug, der 80 cm tief das Erdreich aufriss, damit der Samen nicht auf steinigen Boden fällt, wie Gott sagte, und eine Sämaschine streute die Körner in wohlvorbereitete Rillen, „sonst könnte etwas auf den Weg fallen", sagte Gott, und hinter der Sämaschine brachte eine weitere ein Unkrautvernichtungsmittel aus, damit die Disteln das junge Korn nicht ersticken. „Und seht", sagte er, „kein Korn geht verloren, und jedes bringt Frucht, 300-fach, 600-fach und tausendfach! - Ja", sagte Gott, „so ist es mit dem Reich des Menschen, wer Ohren hat zu hören, der höre!"

Die Engel aber verstanden nicht, was Gott sagen wollte, ein Engel gar, ein kleiner rothaariger, glaubte einen leisen Tadel mitgehört zu haben. Da fragten sie Gott, was dieses Gleichnis bedeute.

„Ach", sagte Gott, „die Menschen machen alles zu gut, schon jetzt gibt es auf diesem Acker keine Vögel mehr, und in 20 Jahren werden Wind und Regen die

Ackerkrume abgetragen haben, die zu tief aufgerissen ist und von keinem Unkraut mehr zusammengehalten wird. Etwas anderes als Korn wächst schon jetzt nicht mehr, wegen der Giftstoffe, und auch dieses Korn ist längst unfruchtbar und produziert nur Legionen tauber Körner. Danach aber wird es über hundert Jahre dauern, bis auf diesem Acker wieder so viel wächst, dass eine magere Geiß ihr tägliches Gras rupfen kann." Und Gott seufzte tief und fuhr fort, „so ist es halt mit dem Reich des Menschen! Und dies ist nur ein Gleichnis für vieles."

„Erkläre", sagten die Engel, „ist es nicht nur so in der Landwirtschaft?"

„Nein", sagte Gott, „so ist es allenthalben. So hört denn: Die Körner sind mein Wort, aber sie streuen es nicht aus, es könnte verloren gehen, sie geben es nur denen, die in der richtigen Reihe stehen, und dazu geben sie ihr Gift, das alle anderen Worte abtötet. Viel Frucht bringt das Wort, so ausgesät, aber diese Frucht ist steril, und der Acker wird tot, und über einige Zeit ist die Landschaft verkarstet und lange wird es dauern, bis der Acker wieder entgiftet ist und ein Armer von meinem Wort leben kann.

Seht, so ist es, wenn das Reich Gottes nach Menschenart errichtet werden soll!"

Ich war richtig stolz auf mein kleines Werk, fühlte mich wie Peter, der Dichter. Wenn Irmgard wach würde, dann möchte ich ihr mein Opusculum vorlesen. War es die Heimreise, die mich so sehr mit Schaffenskraft füllte? Ich spürte es, der Weg zurück zu meiner Familie war gut.

Zurück in Bonn

Antrittsbesuch

Bonn, August 2027

„Mama, Paps, ich bringe heute Abend den Erik zum Abendessen mit. Ist doch recht?"

„Klar!"

„Gerne, Liebes."

Heute Abend würde ich also den Mann näher kennenlernen, der, wenn es nach Klara ging, künftig wohl meine Aufgabe übernehmen wird, für meine kleine Tochter zu sorgen. Allein der Gedanke machte mich sentimental. Ob alle Väter so denken?

Ganz anders meine Frau. Schon kurz nach der Ankündigung blitzte das Haus von oben bis unten. Da wurden Dinge aufgeräumt, von denen ich schon nicht mehr wusste, dass es sie noch gab, dann wurde gekocht, dass die Küche dampfte, am Ende ging es an den zu solchem Besuch nötigen Körperschmuck. Für eine halbe Stunde war das Badezimmer geschlossener Bereich, Helens Reich.

„Du kannst dir heute gerne etwas Ordentliches anziehen, und bitte keine weißen Socken, ja!"

Ich zog mir etwas Ordentliches an, zumindest etwas, das ich für hinreichend ordentlich hielt. Wir sollten doch nur einen jungen Mann zum Abendessen bei uns aufnehmen. Und dann so ein Bohei!

Punkt 19.30 Uhr läutete die Türglocke. Da stand er, der Wunderknabe, in meinen Augen schlaksig und linkisch wie die meisten meiner Studenten, in einer Kombination, der man sofort ansah, dass er sie nicht jeden Tag trug. In seiner linken Hand einen Blumenstrauß für Helen. Lass ich ihn mit dem Blumenpapier zappeln? Ich beschloss großmütig zu sein:

„Das Papier können Sie mir dann geben. Oder soll ich lieber Du sagen?"

„Du reicht schon. Und wie möchten Sie angeredet werden?"

„Ich bin Peter." Wenn man seinen Gegner nicht besiegen kann, dann muss man sich mit ihm verbünden.

„Und ich bin Helen. Ach, sind die schönen Blumen für mich? Ganz, ganz herzlichen Dank."
Helen strahlte ihn an, als sei er nur ihretwegen gekommen. Wann hatte ich Helen das letzte Mal so strahlen gesehen. Fast hätte ich gesagt: ‚Bleib ruhig, Mädchen, er kommt wegen Klara.' Aber ich blieb vornehm, also stumm.

Das Essen verlief in heiterster Stimmung, das Gespräch glitt durch die Welt, berührte die

Universität, die Berufsaussichten für Informatiker, verweilte bei der Kirche, aber nur kurz, denn das schien nicht Eriks Hauptthema zu sein, machte Zwischenlandung in der Politik:

„Wann meinst du, werden wir in unserem Land wieder mehr Demokratie haben?"

„Ich wünsche es mir, aber im Augenblick sieht doch alles danach aus, als würde die Allianz von Klimaschützern und Nationalisten uns noch eine Weile vorschreiben, was wir zu tun und zu denken haben."

„Der Partei der Farblosen traust du also auch keine Wende zu?"

„Nein, noch nicht. Sieh dir doch ihre Spitzenleute an, etwa den Seglmayer. Meinst du denn, der kann unsere Probleme lösen? Die sind doch so verwickelt und verworren, dass kein Kraut gegen diese Politiker mit den schnellen Lösungen gewachsen scheint. Vor allem die Klimaprobleme. Noch einige große Sturmfluten, und niemand in Europa will mehr eine redende und beratende Regierung. Dann sind die Leute mit der schnellen Hand gefragt."

„Aber der Nationalismus?"

„Ob Flutwelle oder Flüchtlingswelle, beides verstärkt die Extreme."

„Fühlst du dich als Informatiker da nicht mitschuldig?"

„Schuldig? Ich glaube nicht. - Doch es stimmt, ohne unsere Entwicklung der Technik der Massenbeeinflussung wäre die heutige Situation nicht entstanden."

„Aber wenn wir nun einmal vom Baum der Erkenntnis gegessen haben, können wir jemals wieder in den früheren Zustand zurückkehren?"

„Ich glaube nicht. Es gibt wohl einige, die möchten in dem alten Zustand verharren. Vor allem in den christlichen Kirchen gibt es viele. Aber sie werden es nicht können. Gegen die neuen Methoden der Massenbeeinflussung ist jede Predigt wirkungslos."

Von da ging unser Gespräch weiter zu Methoden der Massenbeeinflussung, künstliche Intelligenz und das Beherrschen großer Datenmengen. Ach, endlich einmal konnte ich mich zwanglos mit einem jungen Mann unterhalten, den ich nicht beurteilen musste und der doch von den Dingen Ahnung hatte, die auch mich interessierten. Ich fühlte mich restlos verstanden. Eines nur verstand ich nicht, dass Helen und Klara immer schweigsamer wurden. Gab es bei uns hier so etwas wie Männergespräche? Schließlich lenkte Helen das Gespräch auf die Zukunftspläne der beiden.

„Erik bewirbt sich bei der GMD. Hoffentlich erhält er die Stelle."

„Ja, das wäre schön. Dann könnten wir in Bonn bleiben. Sollten wir Kinder bekommen, dann wäre es doch sicher gut, euch in der Nähe zu haben."

Hörte ich „Kinder"? Die beiden schienen es mächtig eilig zu haben.

„Gibt es denn schon einen Grund über Kinder zu reden?" Fast hätte ich ergänzt ‚ihr kennt euch doch erst kaum'. Diese Direktheit der beiden erschreckte mich, und machte mir gleichzeitig Hoffnung.

„Nein, noch nicht. Aber sag selbst: Wenn man heiratet, dann will man doch auch Kinder haben?" Den Beiden pressierte es offensichtlich. Und sie hatten doch noch alle Zeit ihres jungen Lebens.

Text 9

Eine alte jüdische Tradition ist die Wahl zwischen zwei Wegen des Lebens, dem zum Guten, dem zum Bösen. Vater nahm sie in seine Erzählung auf als Lehre Jesu vom engen Tor und schmalen Weg, die zum Heil führen, und vom breitem Weg und weitem Tor, die zum Unheil führen.[39] Wie Jesus überhaupt gerne in anschaulichen Gegensätzen predigte. Da gibt es falsche und echte Propheten, gute und schlechte Früchte, Lippenbekenntnis und Tatbekenntnis.[40] Doch es geht ihm nicht einmal um die Taten an sich, allein das Tun des Gotteswillen zählt. Ich finde es höchst einleuchtend.

Für Vater war es aber eine Quelle der Verunsicherung. War er auf dem richtigen Weg? Dafür schien es ihm doch zu gut zu gehen. Hatten nicht die unter uns Recht, die sich offen in die Leiden des Martyriums hineinbegaben? Aus einigem Abstand heute kann ich es noch schärfer sehen: Manche begeben sich gerne in den Tod. Dieser Weg allein kommt ihnen steinig genug vor, um danach auf Gottes Lohn zu hoffen.

Vater wollte immer nach dem Willen Gottes handeln. Und den fand er im Buch der Weisung, der Thora. Wenn aber

---

[39] Siehe Mt 7,13-14.
[40] Vergleiche Mt 7,17-21.

die Weisungen und Anordnungen Gottes nicht mehr zu seiner Haltung zu passen schien, geriet er in Verwirrung. Jesus hingegen schien auf beides zu setzen, das Handeln nach dem Willen Gottes und aus einer Haltung, die in einer innigen Nähe zu Gott bestand. Er konnte wohl beides zugleich.

Es kamen Leute in unsere Stadt, Juden, die dem Neuen Weg des Jesus anhingen. Wir nahmen sie freundlich auf. Was sie dann erzählten, ließ uns erschaudern. In Rom hatte der Kaiser Nero viele der Unseren verbrennen lassen. Er meinte, unser Weg der Religion sei Hass auf alle Menschen. Von unserer Regel, selbst unsere Feinde zu lieben, wusste dieser Kaiser nichts.

Dann kamen ihre Vorwürfe:
„Ihr hier, ihr wisst doch gar nicht, wie schrecklich es da draußen ist. Ihr habt eine Religion zum Wohlfühlen. Aber Jesu Religion ist das Kreuz, und nichts als das Kreuz!"
„Sollen denn auch wir nach Rom gehen, uns verbrennen lassen?"
„Wenn es Gottes Wille ist, ja."
„Wir sagen ‚Vater' zu Gott. Schickt dich ein Vater in den sicheren Tod?"
„Wisst ihr denn nicht, dass Gott auch von unserem Vater Abraham den Tod seines Sohnes forderte?"
„Wir wissen es. Aber er rettete den Isaak in letzter Minute, denn er ist ein Gott, der Leben will und nicht Tod."

„Und euer Gehorsam? Ihr setzt immer schon voraus, dass Gott euch retten wird, und dann spart ihr euch die Anstrengung des Glaubens. Ihr macht es euch einfach."
Was hätten wir antworten sollen? Sie waren nicht nur glaubensstark, sie redeten auch darüber mit starken Worten. Da wunderte es uns nicht, dass sie schon bald begannen, die Beschneidung für alle zu fordern und das Einhalten der jüdischen Speiseregeln.

Da war ein Abendessen. Einer aus der Gemeinde hatte günstig Fleisch erstanden und uns eingeladen. Es war nicht nach jüdischer Sitte geschlachtet, aber es war auch viel billiger. Wann konnten wir uns sonst Fleisch leisten.
„Wie könnt ihr so etwas essen, hat es nicht Gott verboten, haben nicht die Häupter in Jerusalem uns eingeschärft, solches nicht zu essen."
„Ihr müsst es nicht essen. Da ist auch Gerstenbrot und etwas Trockenfisch."
„Wollt ihr uns als Mitglieder zweiter Klasse behandeln, für die nur das einfache Essen gut genug ist?"
Keiner wollte sie herabsetzen. Wir waren es nur gewöhnt, dankbar das anzunehmen, was wir uns gerade leisten konnten. Es folgte eine Orgie der Entschuldigungen. Doch das brachte keinen Nutzen, die Gemeinde begann sich zu spalten. Und mit einem Mal wurde die Predigt des Jesus über die Bäume mit guten und schlechten Früchten [41] neu gedeutet:

---

[41] Mt 7,17.

„Ihr seid eben schlechte Bäume, wie solltet ihr gute Früchte hervorbringen."

„Wir sind gute Bäume, deshalb tragen wir gute Früchte."

Nun waren es nicht mehr die Taten, nun war es der Kern der Person, der über Heil oder Unheil entschied.

Gedanken

Schrieb da einer über die Zustände vor zweitausend Jahren oder über die von heute? Ich las es mehrmals, korrigierte immer wieder die Übersetzung. Es änderte sich nichts. Er schrieb vor zwei Jahrtausenden, und doch schien er die Christen von heute zu beschreiben. Denn auch heute scheint es dreierlei Christen zu geben:

Die einen achten darauf, immer das Richtige zu tun. Sie halten alle Gebote ein, die ihnen ihre Kirche vorlegt, nicht nur die Gebote Gottes, auch die ihrer Kirche. Sie lieben und loben den Papst, pilgern nach Kevelaer und nach Rom, geben Taufspenden. Wir sagten spöttischer Weise, sie kauften Heidenkinder, Seelen als Handelsware. Sie essen freitags kein Fleisch, halten alle Fastenzeiten und versäumen keine Sonntagsmesse. Manchmal bin ich auf sie neidisch. Eine schlichte, praktische Religiosität lässt sie in großer Sicherheit ihrem Gott entgegen gehen. In ihrer Todesanzeige steht oft der Satz: ‚Versehen mit den Sakramenten und Tröstungen der katholischen Kirche gaben sie ihr Leben ihrem Schöpfer zurück.‘ Das ist die eine Art.

Ihnen gegenüber eine andere Art. Die wissen sich als von Anfang an von Gott erwählt, legen großen Wert darauf, zu betonen, dass allerdings nicht alle

Menschen erwählt seien. Immerhin, sie selbst sind es. Was sie tun, ist von Natur aus gut, denn sie sind die guten Bäume, die gute Früchte tragen. Und tun sie etwas, was so nicht ganz den Regeln entspricht, dann sind sie behände mit Kopf und Mund, es als richtig zu erklären.

Ja, und dann gibt es die dritte Art. Die wissen nicht, ob sie erwählt sind oder nicht, sie wissen, dass sie Sünder sind und des Verzeihens Gottes bedürftig. Sie wissen, was in den Heiligen Schriften steht, aber sie wissen nicht, ob das so in jeder Situation gefordert sei. Ihr Glaube ist immer mit dem Zweifel gepaart. Weder ihre Taten noch ihr Wesen garantiert ihnen den Segen Gottes, den können sie nur erbitten.

Zu welcher Sorte rechne ich mich? Zu welcher gehören meine Frau, meine Kinder? Ich glaube, bei Klara bin ich mir am sichersten, sie wird ihre Pflicht tun, ihren Mann und ihre Kinder lieben, und sich keinen Kopf daraus machen, ob es nun gut oder falsch sei. Was alle tun und was ihren Lieben guttut, wie könnte das falsch sein? Schon die Art, wie sie über ihren Freund und ihre gemeinsame Zukunft spricht, offenbart eine größere Sicherheit, als ich sie jemals hatte.

Doch Paul? Er lehnt mich ab, aber gerade deshalb beschäftigen sich meine Gedanken immer wieder mit ihm. Er weiß anscheinend, welches die guten und welches die schlechten Menschen sind, oder wie er es einmal sagte:

„Mit einem solchen Vater hätte mein Weg geradewegs in die Hölle geführt. Aber Gott sandte mir einen zweiten, einen geistlichen Vater, der in meine Seele den Samen guter Gotteskindschaft legte. Ich muss dankbar sein."

Immerhin rechnet er mit einer Bekehrung auch der ‚schlechten Frucht'. Ich hoffe es inständig.

Einmal fragte er mich:

„Glaubst du tatsächlich, Gott damit einen Gefallen zu tun, dass du diesen alten Kodex herausgibst, der doch nur dazu geeignet ist, ungefestigte Seelen zweifeln zu lassen?"

„Ich weiß nicht einmal, ob sich Gott so sehr für meine Arbeit interessiert. Aber es ist mein Beruf. Und ich glaube daran, dass die Wahrheit uns frei machen wird."

„Und die Wahrheit stellst du in den Dienst der Freiheit?"

„Allerdings. In den Dienst der Freiheit und der Liebe."

„Benutz doch nicht so große Worte für ein triviales Geschäft."

„Wenn es frei macht, ist es nicht trivial."

„Und wozu hat uns Gott das Lehramt gegeben?"

Noch ehe ich antworten konnte, schaltete sich meine Frau ein:

„Nun hört schon auf. Am Ende streitet ihr wieder. Und das ist wohl nicht der Wille Gottes."

Paul: „Ihr seid doch so bibelfest. Habt ihr nie gelesen: ‚Meint ihr, ich sei gekommen, um Frieden auf der Erde zu bringen? Nein, sage ich euch, sondern Spaltung. ... der Vater wird gegen den Sohn stehen und der Sohn gegen den Vater' [42]."

Helen: „Jetzt reicht's!"

Das anschließende Abendessen verlief schweigsam.

Aber zu welcher Sorte Christen rechne ich mich? Doch wohl am ehesten zu der dritten, deren Glaube immer von Fragen und Zweifeln gespickt ist. „Gespickt" gefällt mir. Trockenen Braten spickt man mit Speck, damit er saftiger bleibt. Braucht der trockene Glaube den Zweifel, um lebendig zu bleiben?

---

[42] Siehe Lk 12,52-53.

Klaras Hochzeit

Bonn 2031

Klara wollte also ihren Erik heiraten. Zwei Wochen vor der Hochzeitsfeier:

„Paps, du wirst mich doch an den Altar führen, nicht wahr!?"

„Klara, das werde ich nicht. - Ich übergebe dich nicht aus den Händen deines Vaters in die Hände deines Mannes. Du bist eine erwachsene Frau, du gehst den Schritt aus eigenem Entschluss. Da brauchst du keinen Führer."

„Du meinst, ich soll ganz allein durch die Kirche laufen?"

„Und warum nicht mit Erik?"

„Er will vorne auf mich warten."

Auch ein schönes Zeichen, dachte ich, der Mann, der auf die Geliebte wartet. Noch schöner wäre es, wenn er sie suchen würde, aber das ist wohl zu aufwendig.

„Dann geh in Begleitung deiner Trauzeuginnen."

Beinahe hätte ich 'Brautjungfern' gesagt, die alten Formen kleben noch an meiner Sprache fest. „Aber sie sollen dich nicht führen, sie sollen vor dir her gehen. Geführt wird man zum Schafott. Sie sind deine Begleitung, der Rahmen für die Schönheit der Königin."

„Und du willst nicht dieser Rahmen sein?"

„Nein, es würde das Bild stören. Und es weckt Erinnerungen an Zeiten, als Frauen noch genötigt waren, ‚Ja' zu sagen."

„Ach Paps, aus dir soll einer schlau werden."

Der große Tag kam heran. Wir saßen in der Kirche St. Marien, im Norden der Bonner Altstadt. Für diese Feier hatte man die Kirche besonders geschmückt. An den Bänken hingen kleine Sträußchen. Weiße Blumen standen vor dem Ambo, die Altarflügel waren aufgeklappt und die Apostelfiguren sahen neugierig dem Spektakel entgegen. Nur die Figur des heiligen Bernhard machte wie üblich ein strenges Gesicht, er hatte es nicht so mit dem Heiraten. Allerdings brannten die Altarkerzen nicht, als hätte man vergessen sie anzuzünden, oder war es Absicht? Da saß ich also, in einem dunkelblauen Nadelstreifenanzug und dunkelblauer Fliege. Ich fühlte mich todschick. Helen in einem Bordeaux-roten, langem Satin-Kleid, extra für diese Feier gekauft. So blühend hatte ich sie schon lange nicht mehr gesehen. Und Paul, nunmehr drittes Semester Theologie, er kam in schwarzem Anzug mit römischem Kragen, natürlich mit kleinem Silberkreuz am Revers.

Pater Daniel, der Pfarrer aus Klaras Vorstadt-Gemeinde, hatte ihn gefragt:

„Herr Kollege, wollten sie nicht der Eheschließung ihrer Schwester assistieren?"

„Ich studiere noch Theologie. Die Klerikerkleidung trage ich auf Wunsch des Herrn Kardinals, um der Welt zu zeigen, dass ich zum Priesterstand berufen bin."

„Ja, wenn das so ist." Damit wandte sich Pater Daniel wieder dem Bräutigam zu.

Erik, schon immer das, was der Rheinländer einen ‚staatsen Jungen' nennt, stand vorne neben dem Pfarrer, hellgrauer Anzug, silbergraue Fliege, und er hatte sogar zu diesem Anlass einen Friseur bemüht. Die jungen Leute schienen die Form zu schätzen. Das tat mir wohl, solange es eine vernünftige Form war.

Es gehörte wohl zu der Form von Klara und Erik, dass am Altar keine Kerzen brannten. Jetzt hatte es auch Paul bemerkt. Er nestelte ein Feuerzeug aus seinem Anzug und wollte gerade aufstehen. Ich zischte: „Bleib sitzen!" So direktiv hatte er mich wohl noch nie gehört. Er gehorchte. Ich glaube, das war das letzte Mal, das er mir gehorchte.

Die Orgel begann ihr Spiel, natürlich Mendelssohns Brautmarsch, die Kirchentür öffnete sich, die Trauzeuginnen traten ein und dahinter – war das meine kleine Klara? Sie schwebte in den Raum, ganz in Weiß, schön wie eine Göttin. Helen legte ihre

Hand auf meine und ich reichte ihr ein Tempo-Taschentuch.

Klara aber, schön wie ihre Mutter als Braut, vielleicht sogar etwas schöner. Hatte sie dieses kleine Plus von mir, wie meine Eitelkeit mir sagen wollte, oder war es schon mein Alter, das die Schönheit junger Frauen immer noch etwas herausstrich? Ich hörte Helen zischen: „Mach den Mund zu!"

Unbändiger Stolz erfüllte mich auf meine Tochter, die hier völlig selbstbewusst in ihr neues Leben als Frau schritt.

Es kam das Trauversprechen.

„Willst du, Erik, die Klara als deine Frau lieben achten und ehren, bis der Tod euch scheidet?"

„Ja", ein klares, männliches „Ja" ohne alle Nebenklänge und Obertöne.

„Willst du, Klara, den Erik als deinen Mann lieben achten und ehren, bis der Tod euch scheidet?"

„Ja". Nur ein „Ja", leise, klar, mit voller Seele gesprochen, so dass man es bis in den letzten Winkel der Kirche verstehen konnte. Hatte sie es geübt? Es gab Seiten meiner Tochter, von denen ahnte ich bisher nichts.

Nun tauschten sie die Ringe, dann ging Klara zum Altar und zündete die Kerzen an. Anschließend brachten beide von einem Seitentisch Brot und Wein zum Altar.

Derweilen betete der Pfarrer:

„Gepriesen bist du, Herr, unser Gott. Du schenkst uns die Gastfreundschaft, Zeichen deiner Liebe und der Liebe zwischen uns Menschen. Gepriesen bist du in Ewigkeit, Herr, unser Gott."

Nun brauchte ich ein Tempo-Taschentuch. Die Packung enthielt zehn, wir waren auf alles gerüstet.

Später musste ich als Brautvater eine Tischrede halten. Davon schweige ich lieber. Mein Leben lang habe ich mich mit Sprachen beschäftigt, auch wenn diese meistens sehr alt und tot waren. Jetzt sollte ich einmal reden und stotterte wie ein kleiner Schüler, der vergessen hatte, seine Hausaufgaben zu machen. Der Klos in meinem Hals wuchs. Eriks Vater erlöste mich aus der Peinlichkeit:

„Reden wir nicht lange drum herum. Das Brautpaar soll glücklich werden! Sie sollen sich jeden Tag ihres Lebens eine Freude sein. Und uns Alten sollen sie die Freude lieber Enkelkinder machen. Prost!"

Warum konnte ich nicht so schön reden?

Zur Kaffeezeit traf Pater Daniel ein.

„Na, Herr Kollege, nicht ein bisschen neidisch?" Diese Frage ging an Paul.

„Nein. Mich hat der Herr zu einem anderen Weg berufen."

Die Antwort war nur ein Kopfnicken. Drückte es Trauer aus, oder las ich meine Gefühle in die Gestik des Paters hinein.

Wenig später zu mir:

„So, und Sie sind Professor Pollmann, der Entdecker dieses schlimmen Buches, das, wenn ich dem BRENNGLAS trauen darf, die ganze Kirche ins Chaos stürzt. Ist es tatsächlich so arg damit? Sagen Sie, was steht denn Böses in dem alten Kodex?"

„Ich muss Sie enttäuschen, da steht nichts Böses drin, nichts, das Sie nicht schon in ihrem Studium gelernt haben."

„Und warum regen sich meine Mitbrüder so darüber auf?" Das Lachen seiner Augen zeigte, dass die Frage nicht nur ernst gemeint war.

„Ich weiß es nicht. Vielleicht, weil das BRENNGLAS darüber geschrieben hat? Nicht alle Kirchenmänner lieben diese Zeitschrift. Vielleicht, weil weder der Papst noch das Kirchenrecht lobend erwähnt werden? Oder auch, weil der Kodex zeigt, dass viele moderne Fragen gar nicht so modern sind, sondern schon aus der Anfangszeit unserer Kirche stammen."

Der Pater lachte. „Dieselben Menschen, dieselben Fragen, wie mein geistlicher Lehrer zu sagen pflegte." Seine Miene wurde wieder ernst. „Ihrem Sohn Paul scheint das aber eher zu missfallen?"

„Ja. Paul hängt sehr an seiner Mutter. Und der Kodex wurde gefunden, als ich ihr in einer schweren Zeit nicht zur Seite stand. Ich glaube, das verzeiht er mir nie. Und jetzt hat er in der Mutter Kirche eine noch größere Mutter gefunden, und wieder bin ich der Schuft."

„Nicht doch, nicht doch. Jetzt übertreiben Sie sogar Ihre eigene Bosheit. Herr Pollmann, das ist auch eine Form der Eitelkeit." Da war wieder das Lachen in seinen Augen.

„Dafür hab ich mich sehr über das Brautpaar gefreut. Sie wollten ihren eigenen Gottesdienst haben, und das ist ihnen gelungen. Die Idee mit den Kerzen und der Gastfreundschaft, ich werde sie auch anderen Brautleuten empfehlen. Leider wollen die meisten nur zweierlei: Die Feier soll kurz sein und in keiner Weise aus dem Üblichen ausbrechen. Aber heute war es etwas Besonderes."

„Ich glaube, darin sind wir uns einig."

„Es hat Sie wohl sehr berührt. Ich sah, wie Sie Ihr Tempo benutzten."

Bekam dieser Pater alles mit? Er schien sich für alle zu interessieren. Und doch hörte ich bisher noch kein negatives Urteil von ihm. So kann man auch Priester sein.

Julias Taufe

Gestern wurde meine Enkelin Julia getauft. Es war ein erhebendes Fest. Helen hatte sich extra ein neues Sommerkleid gekauft. Klara und Erik waren rundum strahlende Eltern. Ich selbst war allerdings zwiespältig. In welche Kirche nehmen wir die kleine Julia auf? Ist es der real existierende Katholizismus? Ist es die unversöhnliche Kirche meines Sohnes Paul? Oder ist es die Kirche, von der der Sohn des Matthäus träumte, eine Kirche ohne Machthaberei. Ist es eine Kirche, in der Bruder Elias Samen der Liebe säen wollte? Elias, so hatte ich erfahren, war inzwischen ermordet worden. Seine Liebe ging wohl bis in den Tod. Ich kann ihn mir gut vorstellen, wie er noch den Tod auslachte. Dass solche Menschen entstehen, dafür muss es eine Kirche geben, und in diese Kirche kann ich meine Enkelin taufen lassen.

Ich selbst gerate immer mehr an den Rand meiner Kirche, immerhin schreibe ich noch „meine Kirche". Ich sehe so viel guten Willen bei so vielen darin, und doch hat der Teufel ihre Strukturen so zurechtgebogen, dass selbst aus gutem Willen Leid entstehen kann.

Wie wird es Paul ergehen? Wird er lernen, zu verzeihen? Mir wird er wohl kaum noch verzeihen können, weiß ich doch nicht einmal selbst genau, was er mir so alles vorwirft.

Nein, ich will das Fest in meinem Herzen festhalten, das Strahlen Klaras und Eriks, die leuchtenden Augen Helens, der Großmutter, deren schönes Aussehen diesen Titel Lügen zu strafen scheint, das Essen, dann das Singen mit den Freunden von Klara und Erik.

Ich stelle fest, ich rede gar nicht mehr von den beiden als Einzelnen, so sehr gehören sie für mich zusammen. Ich habe gute Gründe, Gott zu danken.

Aus Pauls Tagebuch

Vor einer Woche wurde Klaras Tochter getauft. Sie heißt jetzt Julia und ist ein ganz reizendes Baby. In meinem Herzen beneide ich Klara um ihre Tochter. Sollte ich Priester werden, dann werde ich auf eigene Kinder verzichten müssen. Werde ich das ertragen? Immerhin darf ich dann viele Menschenkinder zu Gotteskindern machen. Es ist das eine andere Art von Vaterschaft. Hoffentlich kann ich ihnen als geistlicher Vater ein besserer Vater sein, als es Peter für uns war. Ohne eigene Familie sollte ich immer für sie da sein. Oder werde auch ich meine Türkei haben, weg von aller Verantwortung. Gelegentlich, wenn ich ältere Priester erlebe, dann scheint es mir, als seien manchmal sogar Exerzitien oder Wallfahrten solche Auszeiten der Verantwortung. Wenn Gott mich ruft, dann wird er mir seine Hilfe nicht versagen.

Aber was geschieht den Kindern? Klaras Familie hat so fröhlich gefeiert, dabei ist ihre Tochter auf den Tod Jesu getauft worden, natürlich um dann mit Jesus aufzuerstehen. Ihnen ist wohl nicht klar, was es bedeutet, auf den Tod Jesu getauft zu sein. Wenn ich mir das vor Augen stelle, dann kommen schon gelegentlich Zweifel, ob ich das für diese kleinen Geschöpfe will. Sie selbst werden nicht gefragt. Die Eltern und Paten willigen in alles ein, aber wissen sie, was sie damit unterschreiben, hat jemand es ihnen vorher klar gemacht?

Doch wenn Gott mich zum Priestertum beruft, dann ist das zuerst einmal die Berufung dazu, am Leiden Jesu mitzuleiden. Ich muss viel mehr beten, damit ich dieser Berufung gerecht werde.

Mutter scheint etwas von dieser Berufung zu spüren. Seit Vaters Türkei-Abenteuer liegt ein zarter Schatten über ihr, im fröhlichen Festgetriebe kaum wahrnehmbar, es sei denn, man kennt die Zeichen. Vater sieht es nicht. Aber ich kann es sehen, und kann ihr nicht helfen, kann nur für sie beten. Wie sie die kleine Julia an sich drückt, fast erscheint es mir, als wolle sie das Leben festhalten, das doch mit jedem Tag mehr und mehr entflieht. Mutter ist eine fromme Frau. Vor Jahren erzählte sie mir einmal, wie sie immer dann, wenn das Leben ihr schwer wird, ihre Zuflucht zu den armen Seelen nimmt, jenen traurigen Geschöpfen, die zwar zum Himmel berufen sind, aber ihn noch nicht genießen können. Sind wir nicht alles solche armen Seelen? Jesu Kreuz ist das tägliche Leiden, und das endet eben selten mit dem Tod. Ich will für Mutter beten, täglich einen Rosenkranz zur Gottesmutter, dass Gott auf ihre Fürbitte das Kreuz in ihrem Leben auf die Zeit ihres Fegefeuers anrechnet und sie sofort in seine Herrlichkeit ruft. Auch das ist Priestertum, die Leute in den Himmel zu beten.

Und Vater? Auf der Tauffeier haben wir uns gut vertragen, aber zu sagen haben wir uns nichts mehr. Schade, sehr schade. Ich will für ihn beten, doch es bleibt ein Zweifel, ob das viel nützt. Ist Vater noch Katholik? Ich weiß es nicht, wie ich ihn überhaupt zu wenig kenne. Gibt es einen Heiligen für die Bekehrung verstockter Sünder?

Wenn ich noch einmal obige Zeilen lese, dann ertappe ich mich dabei, wie ich längst den priesterlichen Glauben einübe. Mit jedem Tag freue ich mich mehr darauf, endlich geweiht zu werden. Gott und die allerseligste Jungfrau mögen mir auf meinem Weg helfen!

Text 10

Vater hatte mir zu lesen gegeben, was er aus der Schrift des Markus übernommen hatte. Er war überglücklich, mit dieser Schrift wieder etwas in der Hand zu haben, das ebenfalls von seinem Jesus erzählte. Immer wieder las er es und wurde nicht müde, es zu loben.

„Schau, hier beschreibt er, wie Jesus vom Teufel versucht wurde. [43] Wie jeder normale Mensch tritt uns Jesus hier entgegen, geradeso versucht, wie auch wir es sind. Es ist eine kostbare Geschichte, dreimal die kleine Episode der Versuchung, dreimal das Standhalten Jesu, und dreimal ein Satz, der sich in unsere Herzen einmeißeln soll. Ich werde es in meine Geschichte des Jesus übernehmen."

Ich mochte Vater seine Freude nicht nehmen, und die Erzählung, wie Jesus versucht wurde, war in der Tat ein Musterbeispiel einer Lehrerzählung in unserer jüdischen Tradition. Dennoch war mir sonderbar zumute. Musste man die menschliche Normalität eines Menschen betonen? Und wer war dieser Teufel? Ich hatte schon von ihm gehört, das Buch Hiob redete von ihm, aber er schien so eine Art kleiner Gott zu sein.

„Vater, was soll uns aber diese Geschichte sagen? Redet sie nur über Jesus, oder enthält sie Lehren für uns. Die drei

---

[43] Siehe Mt 4,1-10.

starken Schlusssätze möchten vielleicht uns etwas sagen. Aber sind das auch unsere Versuchungen?"

„Du hast recht. Nimm dir die erste Versuchung, wenn der Teufel empfiehlt, Steine in Brot zu verwandeln. Nein, nein, heute will doch keiner Steine in Brot verwandeln, aber so ein wenig mit den Unmöglichkeiten des Lebens herumzuspielen, das kann wohl eine Versuchung sein. Auch wenn am Ende das Leben aus ungelebten Träumen besteht. Schau dir die Schulamit an. Schön war sie in ihrer Jugend, ausnehmend schön. Doch kein Mann war ihr gut genug. Sie wollte nicht aus Steinen Brot machen, doch aus Männern sollten Engel werden, ein noch größeres Wunder." Vater lachte. „Und nun ist sie eine alte vertrocknete Frau, allein mit ihren Träumen, die für sie allzu oft schon zum Abscheu geworden sind. Kein Mann, keine Kinder, und erst recht keine Engel."

Vaters Beispiel leuchtete mir sofort ein. Doch warum erzählte man von den vielen Zauberkunststücken Jesu? War das kein „Steine zu Brot machen"? Aber vielleicht war die Versuchung nicht in erster Linie die Magie, vielleicht war es der Egoismus, der den Hungernden zur Magie trieb? Lieber verhungern als Brot aus Steinen machen? Meine Fragen wurden nicht kleiner.

„Und nun sieh das zweite Beispiel. Jesus würde am liebsten von der Zinne des Tempels herunterspringen. Du hast den Ort gesehen, das hätte er nicht überlebt. Er ist hier wie Elias, der sich nach seinem Erlebnis auf dem Berg Karmel den Tod wünschte. [44] Nun, sterben, das möchte ich noch ganz und gar nicht. Wenn ich aber die Vergeblichkeit ahne, mit der ich diese Worte aufschreibe, die Unbelehrbarkeit der Menschen in meiner Gemeinde, dann habe ich mehr als einmal Lust, alles hinzuwerfen und mit dem Schreiben aufzuhören. Wer sich immerzu müde arbeitet für seine Ideale, dem erscheint der Tod freundlich, wie jemand, der ihn wieder zur Ruhe kommen lässt, zu einer endgültigen Ruhe."

So ernst hatte mein Vater nur selten gesprochen. Was er tat, war mehr als eine Liebhaberei, es schmerzte ihn nur allzu oft. Ich schwieg.
Nach einer Weile sprach Vater weiter: „Das alles will ich dir geben, wenn du mich anbetest. Junge, stell dir um Gotteswillen nicht ein kleines schwarzes Männlein mit Hörnern und Klumpfuß vor, vor dem Jesus hinknien und anbetende Worte murmeln sollte. Den Teufel anbeten, das ist, die Macht anbeten, der blanken Macht alles zu opfern. Tun das nicht die Römer? Ihr Kaiserkult ist an der Oberfläche nur kindisch, aber dahinter steht der Kult der Macht. Wer ihrer Macht nicht dient, den vernichten sie, wer ihr aber dient, den machen sie groß. Nie würden sie sagen, man solle keine anderen Götter neben dem Kaiser haben, als gingen sie Götter etwas an. Aber ihr Leitspruch ist: Du sollst keiner anderen Macht dienen als Rom. In ihrem Land ist ein Mensch so viel wert, wie er der Macht Roms dient."

---

[44] Siehe 1Kön 19.

„Dann schreibst du auch gegen Rom?"

„Allein der Ewige schenkt uns Menschen unseren eigenen Wert. Er fragt nicht danach, wem wir nützlich sind. Ihm müssen wir keinen Nutzen bringen."

So sah es Vater. Ich aber erlebte andererseits meine Gemeinde. Wir sprechen vom „Neuen Weg" im Unterschied zu dem „Alten Weg", den Israel bisher gegangen ist. Und in meiner Gemeinde zeigte sich mir die Versuchung in neuer Gestalt. Einige Jahre lang wurde diese Gemeinde von einem Mann geleitet, der sich „der Ältere" nannte. Alt, das ist gut, das ist bewährt, älter, das ist besser, bewährter. Wenn er am Sabbat das Brot brach und den Segen sprach, wie wir es in Erinnerung an Jesus zu tun pflegen, dann legte er seine Hände vor der Brust zusammen, und alle bewunderten seine aufrechte Haltung. Um seine Besonderheit herauszustreichen ging er meistens in einem gallischen Mantel einher, den man auch ‚sagum' nennt, und den hier sonst niemand trägt. Der Ältere war sich seiner Einzigkeit sehr bewusst, und fast alle, besonders die Frauen, verehrten ihn. Jedenfalls war das mein Eindruck.

Er sprach gerne vom Dienen, und er liebte es, bedient zu werden. Er redete viel von Liebe, doch als Vater ihm einmal widersprach – es handelte sich nur um eine Kleinigkeit, ein Nichts – grüßte er ihm viele Wochen lang nicht mehr, und es bedurfte der Fürsprache anderer Brüder, damit er Vater wieder als Glied unserer Gemeinde ansah.

Dann hat er einen neuen Kult eingeführt. Zwei Abende vor dem Pessach wusch er einigen alten Männern die

Füße. Er ahme das Vorbild Jesu nach, erklärte er, von dem man erzählte, er habe vor seinem Tod seinen Schülern die Füße gewaschen. [45] Eigentlich sonderbar, dass in der Schrift eines Markus, die Vater erworben hatte, dass darin nichts von dieser Fußwaschung steht. Vielleicht hat man es in seiner Gemeinde nicht erzählt. Der Ältere erklärte mit vielen Worten, dass sich in dieser Zeichenhandlung die Hingabe Jesu ausdrücke, die Absage an jedes Herrschen über Andere, das reine Dienen. Vater sprach so begeistert davon, dass ich im kommenden Jahr mit ihm zu dieser Feier ging.

„Wird er dir die Füße waschen?"

„Mir? Ich bin froh, dass er mich in seiner Gemeinde wieder duldet."

„Aber wie zeigt sich dann die Haltung des Dienens?"

„Sieh doch selbst!" So schroff hatte Vater selten zu mir gesprochen.

So saß ich nun in der Gemeinde. Der Ältere kam in dem Raum, in dem wir uns versammelt hatten, und nach einigen Gebeten zog er seinen gallischen Mantel aus, gürtete sich mit einem Handtuch und – ließ sich Wasser bringen. Das goss er einigen Männern über die Füße und tupfte sie danach mit dem Handtuch ab. Dann stand er wieder da, und auf einen Wink kamen zwei junge Männer und räumten Wasser und Krüge wieder zur Seite. Ein weiterer Wink, und eine Frau trat in die Mitte und wischte alles Wasser von der

---

[45] Siehe Joh 13,1-16.

Erde auf, das er beim Füßewaschen vergossen hatte. Er aber stand da, die Hände vor der Brust zusammengelegt, und betete. Dann sagte er: „Ihr nennt mich Meister und Herr, und ich bin es. Wenn nun ich, euer Meister und Herr, euch die Füße wasche, dann sollt auch ihr einander solches tun." [46]

Selten habe ich ein Ritual erlebt, in dem solche Macht ausgedrückt wurde unter dem Zeichen des Dienens. Irgendwie erscheinen mir die Römer ehrlicher zu sein. Sie geben gar nicht erst vor zu dienen, sie herrschen.

Doch mir wurde an diesem Tag klar, was Versuchung bedeutet. Es ist kein Dämon, der versucht, es ist die Macht selbst, diese leise Stimme, die zu mir sagt, du willst es, du kannst es, mach es. Und wenn ich die Macht anbete, wenn ich in allem darauf achte, dass ich nur ihr diene, dann wird sie auch mir große Macht geben, Herrschermacht. Wenn ich später sehe, was ich mit meiner Macht angerichtet und den Mitmenschen angetan habe, dann möchte ich am liebsten von der Zinne des Tempels herunterspringen. Aber das wäre verbotene Selbsttötung. Doch wohin mit dem Verzweifelten? Auch dafür weiß der Ältere Rat. Denn er predigt gerne das Martyrium, die Hingabe des Lebens in den Tod als Zeugnis für Jesus. Wieso Jesus nun Freude am Tod seiner Schüler haben soll, das weiß ich nicht. Also betäube ich mich, gehorche weiter der verführerischen Stimme der Macht und verkaufe den Menschen um mich

---

[46] Joh 13,13-14.

her Steine als Brot. Die Versuchung ist schrecklich, und sie ist immerfort da. Warum nur muss ich solche Gedanken bis an ihr verzweifeltes Ende denken?

In unserer Gemeinde war der sagum-Träger nur eine Episode. Bald wurde aus dem Hirten ein Oberhirte, der nun den Titel eines „Aufsehers" führte. Man sagt, seitdem predige er noch inbrünstiger vom Dienen. Wessen Dienst er wohl meint?

Heute kann ich mir kaum noch vorstellen, in welche Verwirrung mich die Zeilen dieses letzten Textes brachten? Das Dienen in der katholischen Kirche als Machtausüben. Beispiele fielen mir leicht ein, aber was mich am meisten erschreckte, war: Mein Sohn Paul will Priester dieser Kirche werden. Will er dienen oder will er herrschen? Zwischen uns ist sein einiger Zeit das Gespräch fast verstummt. Ist das die neue Form der Liebe? Helen sagt, ich müsse auf ihn zu gehen. Für sie ist er immer noch der süße kleine Junge ihrer Erinnerung. Für mich ist er längst ein Mann. Und einem Mann drängt man sich nicht auf. Ich warte, ob sich einmal eine Gelegenheit ergibt, wieder so miteinander zu reden, dass er nicht nur Vorwürfe macht und ich mich nur lahm verteidige. Denn das war in letzter Zeit unsere einzige Konversation, und wie mir scheint, eine völlig nutzlose.

Vor zwei Wochen hatte er es uns mitgeteilt: Nach dem Abitur wird er ins Priesterseminar des Erzbistums Köln in St. Augustin eintreten. OK, seine Entscheidung. Aber wie wird er mit der Versuchung der Macht umgehen, die unsere Kirche längst fest in ihren Krallen hält? Wird er zu billigen Zaubertricks greifen, wird er die Menschen ernst nehmen, ihre Würde, ihre Freiheit? Und was wird er tun, wenn die Depression kommt, die in dieser priesterlichen Lebensweise unvermeidbar ist. Die alten Meister des geistlichen Lebens sprachen von der „Verdunklung der Seele". Sie haben viele Ratschläge auf Lager, wie man mit dieser Verdunklung umgehen soll, es fehlt der Ratschlag, wie man eine Kirche organisieren sollte, dass diese Verdunklung der Seele nicht mehr zur Regel gehört.

Wenn ich mein Leben zurückdenke, dann ist es das Dienen, das das Seelendunkel vertreibt. Dieser Jesus war schon klug. Warum hat man so viel vergessen, was er lehrte?

Monsignore Teitelbach

Monsignore Teitelbach hatte sich angemeldet, wollte mit mir über die Edition des Kodex sprechen. Wir trafen uns im Café Müller-Langhardt am Bonner Markt. Als ich ins Café kam sah ich ihn gleich, einen stattlichen Mann, dezenter Anzug, guter Zwirn, noch volles, aber graues Haar, nur ein winziges Kreuzchen wies ihn als katholischen Kleriker aus. Er sah mehr aus wie ein erfolgreicher Manager, auf jeden Fall wie jemand, der es gewohnt ist, dass man auf ihn hört.

„Guten Tag Monsignore!"

„Guten Tag, Herr Professor; schön, dass Sie sich etwas Zeit für mich nehmen."

„Das tu ich gerne. Aber was führt Sie zu mir? Ich vermute, es geht um den neu entdeckten Kodex und seine Veröffentlichung?"

„Sie kommen schnell auf den Punkt. Genau darum geht es. Sie haben doch den Artikel im BRENNGLAS gelesen. Ist da was dran?"

„Nein. Die haben zwar vorher bei mir angerufen, und ich habe ihnen erzählt, dass ich vermute, es handle sich um eine Schrift, die die Entstehung des Matthäusevangeliums beleuchtet. Aber Sicheres wusste ich damals noch selbst nicht, und die ganze Begleitmusik, etwa über die Panik im Vatikan, das entzieht sich meiner Kenntnis. Wo die das herhaben, ich weiß es nicht. Vielleicht sind es die heute so beliebten ‚fake-news'."

„Ich kann ihnen versichern, es waren fake-news. Aber wen wundert das beim BRENNGLAS? - Doch was können Sie heute über diesen Kodex sagen?"

„Wie es aussieht, hat der Sohn des Evangelisten Matthäus aufgeschrieben, welche Gedanken und Motive seinen Vater dazu bewegt haben, sein Evangelium so und nicht anders zu schreiben. Wir konnten nicht mehr den ganzen Kodex restaurieren, aber einige Grundgedanken sind erkennbar, übrigens nichts Neues, wenn man die exegetische Literatur der letzten Jahrzehnte kennt."

„Und was sind solche ‚Grundgedanken'?"

„Nun, für Matthäus war es wohl wichtig, dass das Reich Gottes allen Menschen offenstand, und ein anderes Merkmal ist die Gleichberechtigung aller Menschen in diesem Reich."

„Aber das lehrt die Kirche doch immer schon."

„Genau, und deshalb verstehe ich die Aufregung nicht, es sei denn, man lehre es zwar, halte sich aber selbst nicht daran."

„Lieber Herr Professor, was bringt Sie denn auf die Idee, die Kirche halte sich nicht an die Gleichberechtigung aller Menschen?"

„Das ist doch noch nicht lange her, dass ein Papst laut verkündet hat, Frauen könnten niemals zum

Priesteramt zugelassen werden. Soll das der Ausdruck von Gleichberechtigung sein?"

„Die Menschen haben vor Gott gleiche Würde, aber nicht gleiche Aufgaben. Die Aufgabe der Frau ist es, Gehilfin des Mannes und Mutter seiner Kinder zu sein."

„Sehen Sie, eben doch keine Gleichberechtigung."

„Jesus hat nun einmal nur Männer zu seinen Aposteln berufen!"

„Ja, ja, die wenigen Frauen ausgenommen. Und nun müssen wir dem Vorbild Jesu wortwörtlich nachstreben, nicht wahr. Sie sind deshalb bestimmt auch beschnitten, denn Jesu Apostel waren allesamt fromme Juden, wenn Sie diese indiskrete Frage verzeihen möchten."

„Aber das ist doch etwas ganz anderes. Schon Paulus sagt, dass es nicht auf die Beschneidung ankommt."

„Aber ihr Paulus stellt doch fest, es gebe keinen Unterschied zwischen Heide und Jude, zwischen Mann und Frau. Warum gilt das eine, das andere aber nicht?"

„Lieber Herr Professor," Seine Stimme war doch etwas schärfer geworden, der joviale Ton vom Anfang unseres Gespräches hatte sich verloren. Mir war es lieber so, denn ich mag nicht eingeseift werden.

„Sie wissen doch, dass es Aufgabe des höchsten Lehramtes ist, zu entscheiden, was geht und was nicht, was zum Heil notwendig ist und was nicht, was Jesus wollte, als er seine Kirche gründete, und was nicht."

„Ja, ja, Sie müssen so denken. Aber dann wird jede neue Entdeckung, eigentlich jeder neue Gedanke zu einer tödlichen Gefahr für die katholische Kirche. Und wenn in dem neuen Kodex nur eine Andeutung zu finden ist, dass alles anders sein könnte, als wir es bisher lernten, dann ist die Veröffentlichung eine Gefahr für die Kirche. Nicht wahr? Ganz so lag dann das BRENNGLAS mit der These von der Panik im Vatikan nicht daneben. Oder was meinen Sie?"

„Es ist keine Panik. Aber wir haben die Verantwortung für das Heil der uns anvertrauten Seelen. Und jede Veröffentlichung, die die guten Leute in Zweifel stürzen könnte, schadet ihnen doch. Ich möchte Ihnen nichts vorschreiben, ich möchte Sie nur an Ihre Verantwortung als Katholik erinnern."

Sein Ton war wieder fester geworden, man könnte sagen: väterlicher.

„Was wollen Sie mir damit sagen? Soll ich die Veröffentlichung unterbinden? Oder soll ich sie vorher dem Heiligen Stuhl zur Begutachtung vorlegen, und dann nur jene Teile veröffentlichen, die von Ihnen gutgeheißen werden? Bedenken Sie, ich habe auch eine Verantwortung als Wissenschaftler."

„Jetzt vergleichen Sie aber Äpfel mit Birnen. Die Verantwortung als Wissenschaftler hat doch nicht den gleichen Rang wie jene für das ewige Heil der Seelen."

„Aber eine teilweise Veröffentlichung wäre in meinen Augen eine teilweise Lüge."

„Diese Verantwortung müssten nicht Sie, die müssten andere Schultern tragen, Schultern, die Gott in seinem Ratschluss dazu berufen und befähigt hat."

Die Katze war aus dem Sack. Es gibt zwar keinen Index der verbotenen Bücher mehr und keine kirchliche Zensur, die über den inneren kirchlichen Bereich hinausragt. Aber im Kampf um die Macht über die Menschen, er nennt sie so schön „Seelen", als hätten sie keine Körper, in diesem Kampf scheinen immer noch alle Mittel recht zu sein. Für mich als Wissenschaftler war Ehrlichkeit ein sehr hohes Gut, und doch ertappte ich mich hier bei einer kleinen Unehrlichkeit, wenn ich von meiner Verantwortung sprach. Denn die Entscheidung über die Veröffentlichung des Kodex lag längst nicht mehr bei mir. Ich verbesserte mich:

„Monsignore, diese Verantwortung muss ich sicher nicht tragen. Die Entscheidung darüber, was veröffentlicht werden soll, habe ich schon vor einiger Zeit in andere Hände abgegeben. Es tut mir leid, dass Ihr Besuch hier in Bonn dadurch sinnlos wird."

Nun, etwas gelogen habe ich trotzdem, denn es tat mir nicht leid. Ich war viel zu neugierig, wie die offizielle Kirche auf unseren Fund in der Antakya-

Ausgrabung reagieren würde. Die Reaktion hatte ich erwartet, und es machte mich traurig zu erfahren, dass die Leitung meiner Kirche in all den Jahren nichts dazu gelernt hatte. Verunsicherte es gläubige Christen, wenn bestimmte Meinungen Jesu und der frühen Christenheit wieder einmal ausgesprochen wurden? Sind gläubige Christen so unmündig, dass sie von einem Lehramt in ihrem Denken und Tun geführt werden müssen?

Ob der „Katholik an sich", um diesen rheinischen Ausdruck zu benutzen, ob der verunsichert würde, weiß ich nicht. Ich selbst aber sah mich schon wieder einen Schritt vom Zentrum einer Kirche hinweg geführt, die an mir als Menschen wohl wenig Interesse hatte, lediglich an mir als einer Zählseele in einer Bilanz, die vor Gott und den Menschen Rechenschaft für die Kirche geben sollte.

Er aber gab nicht auf.

„Herr Professor, selbst wenn Sie die Entscheidung an andere abgegeben haben, ich vermute, an Ihre frühere Assistentin, die scheint Ihnen ja nicht gleichgültig zu sein", ein verstehendes Lächeln huschte über seine Züge, „so hat Ihr Wort doch immer noch viel Gewicht, zumindest so viel, dass nichts gegen Ihren Willen veröffentlicht werden kann."

„In der Tat, mein Wort hat noch Gewicht. Und ich sollte es nicht missbrauchen. Meinen Sie nicht?"

„Aber das ist doch kein Missbrauch."

„Und was Professorin Nolten angeht, sie ist mir nicht gleichgültig. Sie ist für mich wie eine zweite Tochter. Und sie ist klug. Nachdem mein Sohn den Weg zum Kleriker eingeschlagen hat, und für mein Empfinden war das ein Weg fort von allem klaren Denken, danach war es für mich sehr wichtig, dass unter meiner Erziehung auch denkfreudige Menschen gewachsen sind. - Ach, mein Sohn. Er ist ein treuer Diener unserer Kirche. Er hat gelernt, wer Vater oder Mutter nicht hasst um Jesu willen, ist seiner nicht wert. [47] Ich kann Sie beruhigen. Wenn es auf den Hass auf seinen Vater ankommt, ist er einer der ersten im Himmelreich, oder dem, was Sie sich darunter vorstellen."

„Dann ist Ihre Veröffentlichung nur die Frucht einer enttäuschten Liebe?"

„Man könnte es meinen. Aber wenn ich in den Kodex schaue, dann sehe ich, dass auch dieser alte Text beschreibt, wie das Matthäus-Evangelium auf weite Strecken die Frucht einer enttäuschten Liebe ist. Und der Autor unseres Kodex kämpft mit aller Kraft um seine Liebe zu Jesus und zu seiner Kirche. Aber, wenn ich Sie recht verstehe, ist dieses Zeugnis heute nicht gefragt."

---

[47] Vergleiche Mt 10,37; Lk 14,26.

„Und Sie haben keine Angst, mit der Veröffentlichung, die doch auch unter Ihrem Namen geschieht, der Karriere Ihres Sohnes zu schaden?"

„Sie kann der Karriere meines Sohnes schaden. Vor allem, wenn seine Oberen sich an ihm rächen wollen, weil sie mich selbst nicht erreichen können. Aber er will doch Priester werden, er will doch Jesus nachfolgen, als sein Stellvertreter am Altar stehen. Wo um alles in der Welt steht denn, dass Jesus eine Karriere machen wollte?"

„Sie sehen, die Fragen sind nicht so einfach, wie sie auf den ersten Blick zu sein scheinen. Wir sollten dieses Gespräch bei Gelegenheit fortsetzen."

„Sie haben Recht. Wir sollten ein andermal weiterreden."

Die Verabschiedung war ebenso herzlich wie die Begrüßung. Monsignore Teitelbach hatte Stil. Das muss ich ihm lassen. Ob es zu einem weiteren Gespräch kommen wird? Ich weiß es nicht.

Noch einmal Irmgard

Bonn, 2039

Es dämmert. Draußen Nieselregen. Helen besucht ihre Freundin. Zum Lesen zu müde, zum Schlafen zu unruhig wandern meine Gedanken durch die Zeit, bilden Erinnerungen, werden grau und verhangen wie der Herbsthimmel draußen, stauen sich an den wenigen Augenblicken, auf die ich stolz sein möchte, zerstieben an jenen Folgen meiner Entscheidungen, die schmerzen. Aber immer wieder, wie Wellen schwerer Brandung, laufen meine Erinnerungen darauf zu. Den Menschen kann ich entrinnen, meiner Vergangenheit nicht.

Ich möchte meine Notizen an Irmgard schicken. Warum will ich das? Will ich noch einen Rest meiner Arbeit bewahren? Unseren kostbaren Fund in der türkischen Erde kennt sie inzwischen besser als ich. Ihn auszuwerten war der Start ihrer Karriere. Dieser Kodex war die Grundlage ihrer Habilitationsarbeit, „Neubewertung des Evangeliums nach Matthäus im Licht eines neueren Textfundes in Antakya ". Nun ist sie Frau Professor. Ich werde ihr gratulieren.

Es gab eine Zeit, da hätte ich viel dafür gegeben, diesen Papyrus selbst zu bearbeiten, zu viel, wie es mir heute erscheint. Schon mein kleiner Beitrag erzeugte zu hohe Kosten.

Es gab auch eine Zeit, da hätte ich mit Freude nicht nur diese Aufgabe an Irmgard übertragen. Es war nur eine kurze Weile, aber diese Tage fühlten sich so lebendig an, ich selbst fühlte mich so lebendig an. Wenn ich heute diese Tage erinnere, dann ist es, als gedächte ich einer fremden Zeit in einer fremden Welt. Damals gab es Sonne im Überfluss, kein Regen wie heute, und den Staub habe ich in meiner Vorstellung gestrichen. Dennoch habe ich diesen Zustand schnell wieder verlassen. Etwas zog mich nach Hause, zu meiner Familie, lenkte mich in ein Hafenwasser, das einmal erreicht doch nicht mehr nach der gewohnten Heimat schmeckte.

Letztes Jahr trat ich in den Ruhestand. Öffentlich sprachen alle von „wohlverdient", nur ich weiß, wie unverdient er ist, ein Resignieren angesichts meiner Krankheit, Ausatmen nach den Jahren der Lehre, Warten auf das Ende, Aufräumen meiner Erinnerungen und Gedanken. Wohl deshalb will ich Irmgard meine Notizen schicken. Ich will noch einmal durchdenken, nachfühlen, vergegenwärtigen, was damals geschehen ist und was daraus folgte. Dann mag auch das der Vergessenheit anheimfallen.

Jetzt lebe ich hier mit Helen zusammen, meiner lieben Frau. Wir vertragen uns gut. Wir erwarten nicht mehr viel voneinander, hoffen, dass uns ein mühsames Alter mit Siechtum und verblassendem

Verstand erspart bleibt. Meine Krankheit macht es eher wahrscheinlich. Manchmal erhellt ein Blitz unverhoffter Freude unseren Alltag. Helen kann sehr schelmisch sein, voller spontaner Einfälle, während ich immer dickblütiger hier sitze, warte, worauf? Auf meinen Tod? Sie hat ihre Freundinnen, ich meine Bücher. Sie hat ihre Unordnung noch, ich räume auf. Wenn ich gehe, soll alles schön ordentlich sein. Unordnung ist ein Zeichen von Leben. Manchmal erinnere ich unsere ersten Jahre, gemeinsames Aufbrechen in eine Welt, wir beide zusammen, erinnere die Geburt unserer Kinder, die Zeit als sie klein waren, ihren Papa hemmungslos bewunderten. Möchte ich diese Zeit zurückhaben? Jetzt warte ich nur mehr darauf, dass Helen nach Hause kommt, dass jemand neben mir ist, ich nicht allein bin.

Paul hat sich inzwischen weit von mir getrennt. Das Gespräch ist verstummt. Sein Vater bin längst nicht mehr ich, das ist sein Seelenführer, sein Oberer und letzten Endes sein Gott. Für mich bleibt ihm nur die Verachtung übrig, für einen, der mental stehen geblieben ist, der seinem geistlichen Höhenflug nicht folgen kann, einen Modernisten, der von einer Kirche träumt, in der es sich nicht lohnt, nach Macht und Einfluss zu streben, einen Träumer, der schon auf dieser Erde erwartet, dass Männer und Frauen gleiche Rechte hätten. Wird er einmal Bischof werden? Es gehört nicht zu den frohen Gedanken über meine Kirche, wenn ich mir Paul in ihr als Bischof vorstelle.

Der alte Kodex hat anscheinend mehr auf meine Gedanken abgefärbt, als ich je ahnte.

Klara hatte ebenso ihre Distanzzeit, aber heute leben wir einträchtig. Ich freue mich über jeden ihrer Besuche. Sie hat selbst schon zwei Kinder, demnächst wohl drei, und sie ist gerne Mutter, auch wenn sie ebenso gerne wieder arbeiten würde.

Und hinter all diesem Familienerleben steht Antakya in der Türkei, jener Ort und jene Zeit, in der ich von meiner Familie abwesend war. Dort fanden wir jenen Kodex, dessen Gedanken mich nicht los lassen. Und dahinter steht jener junge Mann, der vor fast zweitausend Jahren über seinen Vater schrieb, und was der über Jesus aus Nazareth zu schreiben hatte. Das Alter verkürzt die Zeit.

Ich höre die Wohnungstür gehen. Helen kommt nach Hause. Nicht mehr allein. Wir werden eine alte Rudi-Carrell-Show ansehen und dann zu Bett gehen, ein altes Ehepaar, das längst alles gesagt hat. Morgen will ich zu Klara und für einige Stunden die Kinder umsorgen. Morgen ist wieder ein Tag, der Unordnung und Leben verheißt.

Der letzte Brief

Liebe Irmgard,

als ich heute von Deiner Berufung las, musste ich Dir sofort schreiben. Herzlichen Glückwunsch. Du hast es verdient. Gerade jetzt, in meinem noch taufrischen Ruhestand, tut es mir unglaublich gut zu sehen, wie meine Schüler, und ganz besonders Du, Erfolg haben und Karriere machen. Du hast es verdient. Schon als wir zusammen in der Türkei waren, ahnte ich, dass in Dir noch viel steckt. Denkst Du noch manchmal an unsere gemeinsame Arbeit an dem Antakya-Kodex. Mein Leben hat er inzwischen umgekrempelt. Ich habe einiges dazu aufgeschrieben, und werde es diesem Brief beilegen. Es ist doch Vieles genauso gekommen, wie Du es damals vorhergesagt hast.

Erinnerst Du Dich noch an meine Sorgen wegen meiner Tochter Klara? Sie muss damals fürchterlich pubertiert haben. Wer sie heute sieht, der möchte es kaum glauben. Sie hat inzwischen geheiratet, hat zwei allerliebste Töchterchen und ein drittes Baby hat sich inzwischen angemeldet. Sie wohnt in Hangelar. Dort besuche ich sie gerne von Zeit zu Zeit und berausche mich an meinen Enkelinnen. Sie hat mit Erik einen guten Mann gefunden. Mit ihm kann ich sogar über Politik reden, aber wir reden meistens doch nur über die Kinder.

Mit Paul ist es nicht so erfreulich verlaufen. Das Tischtuch zwischen uns ist anscheinend endgültig zerrissen. Er ist sehr fromm geworden, so nach der Art: „Wenn jemand zu mir kommt und hasst nicht seinen Vater, der kann nicht mein Jünger sein." [48] Ich glaube, Paul ist ein sehr guter Jünger Jesu. Aber ich höre auf, ehe ich bitter klinge.

Mit Helen hat sich alles wieder eingerenkt. Du hast es bestimmt wahrgenommen, dass wir damals eine sehr kritische Zeit hatten. Sie fühlte sich sicher von mir im Stich gelassen, so allein mit den beiden Kindern und deren Pubertät. Aber für mich war meine Arbeit unglaublich wichtig, und für meine Arbeit interessiert sie sich noch immer nicht. Aber ansonsten sind wir jetzt ein friedliches, altes Ehepaar, beruflich im Ruhestand, familiär im Großelternstand, fast so etwas wie Philemon und Baucis, wenn wir die späten Strahlen eines sonnigen Alters miteinander genießen. Ja, das Alter kann schön sein, selbst wenn man krank ist, aber es ist anders schön, als ich es mir in jüngeren Jahren vorgestellt habe. Erst recht das gemeinsame Leben: Wir mögen uns, wir helfen uns, aber wir erhoffen nicht mehr das Unmögliche.

---

[48] Lk 14,26.

Innerlich räume ich nun mein Leben auf. Die Texte, an denen wir damals gearbeitet haben, die hast Du inzwischen selbst herausgegeben. Nun schick ich Dir eine Kopie meiner Notizen, die ich mir in dieser Zeit gemacht habe. Du kannst sehen, wie mich schon damals alles innerlich mitgerissen hat. Vielleicht kannst Du sie als Anregung gebrauchen, oder als Erinnerung. Hier haben sie wohl wenig Chancen, gelesen oder sogar verstanden zu werden. Für Helen und Klara sind sie zu sehr mit meinem Beruf verbunden, und für Paul??

Wenn Du die Notizen liest, wirst Du ahnen, wie mühevoll eine Partnerschaft zu manchen Zeiten sein kann. Aber ich meine, die Mühe lohnt sich. Du hast wohl immer noch keine Familie. Dein Beruf und seine Erfolge scheinen Dich vollständig auszufüllen. Das gönne ich Dir. Aber denke ab und zu auch an das Alter. Ich hoffe, dass Du nicht einsam wirst, wenn die Arbeitskraft nachlässt. Noch bist Du eine schöne Frau, noch ... Aber jetzt schreibe ich schon wie ein alter Vater, und das steht mir gar nicht zu. Doch warst Du immer schon so etwas wie eine andere Tochter, die Tochter meiner Arbeit. Nimm es an, wenn Du kannst, es kommt aus einem guten Herzen.

Wir werden uns demnächst sicher wiedersehen. Bis dahin sei von Herzen gegrüßt von Deinem Peter.

Peters Traum

Damals träumte Peter, er betrete eine Kirche, einen Stock in der Hand. Hinten in der Kirche, dem Altar gegenüber und nur um eine kleine Stufe erhöht, sah er eine Sängerschola, alles junge Männer, um ihren Dirigenten versammelt. Es waren wohl vier, die dort sangen. Ihr Lied kannte er aus seiner Kindheit:

Du mein Schutzgeist, Gottes Engel,
weiche, weiche nicht von mir,
leite mich durchs Tal der Mängel
bis hinauf, hinauf zu dir!
Lass mich stets auf dieser Erde
deiner Führung würdig sein,
dass ich stündlich besser werde,
nie mich sollt' ein Tag gereu'n.

Er ging auf sie zu, die niedrige Stufe hoch, dann sah er das kleine Loch im Fußboden, ein kleines, rundes Loch. Er wollte mit seinem Stock darin herum stochern, aber der entglitt seiner Hand und fiel. Es dauerte lange, bis er den Aufschlag hörte, ganze vier Sekunden, und ihm wurde klar, unter der dünnen Schicht des Fußbodens klaffte ein Abgrund, sicher 80 Meter tief. Der Boden schien ihm mit einem Mal nicht mehr sicher. Er stand, das war ihm selbst im Traum klar, auf einem dünnen Gewölbe, dass sich über einer riesigen Unterwelt ausspannte. Er verließ den Ort und erwachte.

Sofort rechnete er nach, wie tief ein Hohlraum sei, in dem ein Stock vier Sekunden lang falle. Es waren 80 Meter.

Der Traum verfolgte ihn den ganzen Tag. Die singenden Männer in seinem Traum vertrauten sich völlig dem göttlichen Schutzgeist an. Sie fragten nicht, was unter ihren Füßen sei. Einzig das schien ihnen bedeutsam zu sein, dass sie sich selbst und ihre Zeit gewissenhaft kontrollierten. War das ein Bild seiner Kirche? Männer, die nur sich selbst kontrollieren, dass sie der Führung durch den göttlichen Schutzgeist würdig seien, und die nicht einmal ahnen, was unter ihren Füßen lag, bereit sich aufzutun und sie zu verschlingen, wenn dieses Gewölbe auch nur den kleinsten Riss bekäme. Er aber, er konnte es nicht lassen nachzubohren, er wollte wissen. Überall musste er seinen Stecken hineinstecken. Doch als er nun wusste, da sah er und fühlte, welch schrecklicher Raum sich unter ihm auftat. Gewissheit ist der Feind der Sicherheit. Er wollte Gewissheit, auch wenn ihn das von den feiernden, singenden Männern wegführte.

War das die Welt seines Sohnes? Singend über einem Abgrund zu leben, den er nicht sah? Sich selbst in strenge Zucht zu nehmen, auf dass ihm aus der Zucht Rettung würde? Half ihm dieser Traum, seinen Sohn zu verstehen? Er lauschte in sich hinein und hörte, wie eine leise Stimme um Verständnis für Paul warb. Der würde ihn nie verstehen, doch er, er wollte seinen Sohn verstehen, wenigstens so viel, dass er ohne Groll an ihn denken konnte.

Was hatte er getan, als er diesen alten Text rekonstruierte? Was tat er, wenn er darüber nachdachte, was den Matthäus bewegt haben könnte, sein Evangelium so und nicht anders zu schreiben? Stocherte er nicht in einer dunklen Höhle herum, zu groß und zu dunkel, als dass er auch nur irgendetwas erkennen könnte?

Er spürte, wie seine Arbeit ihn aus dem Bereich der Sicherheit wegführte. Nicht einmal ständige Selbstkontrolle lieferte ihm Gewissheiten, kein göttlicher Geist wollte ihn beschützen. Er war Wissenschaftler, war es gerne und wollte es sein. Seine Entscheidung war längst gefallen: Er wollte der Wahrheit nachspüren, selbst wenn es seine Sicherheit kostete. Aus dem Bereich der singenden und feiernden Männer war er seit langem weggegangen.

Gab es in dieser Welt keine Frauen? In seinem Traum sah er nur Männer. Das Weibliche, die große Höhle, die nicht auszumessen war, die ihm nur durch ein kleines Loch Kunde von ihrer Existenz gab, dieses Weibliche lag unter der Ebene seiner Erkenntnis. Helen, Irmgard, Klara, was wusste er von ihnen? Und doch gehörten sie zu seinem Leben. Im Traum verließ er den Ort über der Gruft, im Leben ging er in die Türkei zum Forschen, zog dann wieder nach Hause, weg von Irmgard, schrieb er seiner Tochter schöne Briefe, und war zu weit weg, um sie in den Arm zu nehmen. Wenn er erkennen wollte, dann musste er zu den Frauen.

Mit einem Mal ging ihm die tiefe Ironie seines Traumes auf, der ihn mit einem Stock in einem Loch herum stochern ließ, unfähig die Kontrolle über den Stock zu behalten. War „Erkennen" in der alten Welt nicht das Wort für Geschlechtsverkehr? „Heiliger Sigmund", entfuhr es ihm.

Der Traum zeigte sein anderes Gesicht: Die Gesangsschola in der Kirche? Selbstdisziplin und Verzicht auf Erkenntnis, also auf Geschlechtsverkehr, das gab diesen Männern die Sicherheit auf dem dünnen Gewölbeboden, das wollten sie, und dafür war kein Preis zu hoch. Wenn aber nur der kleinste Riss in diesem Boden sich zeigte, es könnte ihr völliger Absturz sein. Die Skandale der letzten Jahre um katholische Priester, die an falscher Stelle nach „Erkenntnis" gesucht hatten und die dadurch den schützenden Boden zerstört hatten, sie erschienen ihm mit einem Mal in ganz anderem Licht. Und sein Sohn Paul? Er bekam Angst um seinen Sohn, Angst, wie sie nur ein Vater hat, der seinen Sohn liebt. Er faltete seine Hände und betete für seinen Sohn. Das Ritual erwies sich als stärker als der Gedanke.

Text 11

Ich war sehr stolz darüber, wenn Vater mir aus seinem Buch vorlas. Aber es kam die Zeit, da las er immer seltener vor. Auch wir hatten uns verändert. Vater schien mir immer bitterer zu werden. Dabei zeigte sein Schreiben erste Früchte. Ich will hier nicht das Ringen um die Rolle eines Gemeindeleiters wiederholen. Am Ende bekamen wir einen Leiter, der führte den Titel eines „Älteren", aber es war kein „schöner Mann" wie in der Gemeinde von Tante Rivka, kein stolzer Mann wie der sagum-Träger. Er sorgte sich sehr um uns alle, sprach mit jedem, vor allem hörte er zu. Am Ende war die ganze Gemeinde mit diesem Ältesten einverstanden. Auch ich. Ich bewunderte ihn, wie er sein Amt so ganz ohne Eitelkeit ausübte. Tagsüber arbeitete er als Kupferschmied, abends aber und auch am ersten Tag der Woche widmete er all seine Kraft unserer Gemeinde. Manchmal fragte ich mich, ob seine Frau nicht einigen Einsatz für seine Familie vermisse, aber auch sie schien sich ganz dem „Neuen Weg" und seinen Aufgaben hinzugeben. Ob ich mit Hannah auch einmal so würde für den Weg des Jesus aus Nazareth arbeiten können? War es ein Wunsch oder ein Traum? Ich beschloss, mit Hannah darüber zu reden.

Vater hatte ihn eines Abends besucht und aus seinen Aufzeichnungen vorgelesen. Da bat ihn der Ältere, doch weiter zu schreiben, und das Geschriebene am ersten

Wochentag in der Gemeinde vorzulesen. Vater war glücklich, seine Aufzeichnungen über Jesus wurden vorgelesen. Man sprach darüber, man verbesserte, regte an, und Vater nahm alles auf, was man ihm sagte. Es war eine schöne Zeit für Vater.

Doch in dieser Zeit begann sein Schreiben härter zu werden. Nun tauchte Judas in seinem Text als Sündenbock auf. Mir hatte er das nicht vorgelesen, hatte wohl geahnt, dass ich ihm dabei widersprechen würde.
Vollends schlimm wurde es, als er in die Geschichte von der Verurteilung Jesu auch eine Selbstverfluchung des Jerusalemer Mob hineinschrieb. Sie riefen sein Blut auf sich selbst hernieder. [49] Mich gruselte bei dem Gedanken, was einmal daraus entstehen könnte. Schrieb da noch mein Vater?

---

[49] Mt 27,25.

Fragen

Hatte ich richtig übersetzt? Beginnt sich der Sohn nun von seinem Vater abzuwenden? Geht die Suche nach der Wahrheit nur durch Entzweiung? Paul hatte sich von mir abgewandt. Und jetzt will er Priester werden. Für einen Altphilologen klingt „Priester" wie „Presbyter", das ist „Älterer". Aber wer wird sein Vorbild sein, der Narziss oder der Väterliche? Das Bild von einem Priester, wie es aus diesen letzten Zeilen spricht, das könnte mir gefallen.

In meiner Erinnerung erscheinen solche Priester. Körperliche Berufsarbeit widersprach dem Priesterbild ihrer Vorgesetzten und auch dem vieler Gläubigen. Wenn sie es dennoch taten, durfte es niemand erfahren. Heute ist ein Priester zu königlicher Untätigkeit verurteilt, es ist ein Urteil, das ihn von wichtigen Lebenserfahrungen abschirmt. Aber er ist ebenso zur Ehelosigkeit verurteilt, auch das ein Urteil gegen Lebenserfahrungen. Aber wie soll so ein unerfahrener Mann, nur gestützt auf seinen Titel, nur getragen vom Gehorsam gegenüber einem ebenso Unerfahrenen die Menschen verstehen, die er betreuen soll. Und doch habe ich sie erlebt, diese Priester, die Erfahrungen sammelten, die vom Leben lernten. Wenn ich über die selbstverliebten

Geistlichen schreibe, dann meine ich euch nicht, ihr Guten, die ihr euch wundreibt an den Nöten der Menschen, dann meine ich euch nicht, ihr Nonnen, die ihr bei Sterbenden ausharrt, wenn deren Angehörige längst geflohen sind. Es ist immer wieder erstaunlich, wie wenige schlechte Beispiele viel Gutes in den Schatten stellen können.

Lange sprach ich mit Helen darüber. Sie ist eine gute Frau, sie gab mir recht. Und doch entdeckte ich hinter ihren Worten eine kaum fassbare Zweideutigkeit. Grob gesagt: Ein schöner Narziss spricht ihre Ästhetik an. Für ihn kann sie schwärmen. Er ist der Star für die Frau ab Fünfzig. Mit ihm kann man ungefährlich flirten. Er ist auch ohne Zölibat kein Mann für die Ehe. Dem anderen aber, dem Fleißigen, Sorgenden, stets Lernenden, dem gehört ihre Liebe. Es ist unser Wunsch, dass Paul einmal einer von diesen werde. Wenn Gott schon seine Herrschaft in die Hände von Menschen gibt, dann bitte in die Hände solcher Menschen.

Es ist schön, mit Helen einer Meinung zu sein. Es ist schön, in meiner Erinnerung Beispiele zu finden, die alle Resignation zurückdrängen. Was dem Grübeln meiner Abende bleibt, ist die Frage der Macht. Wer entscheidet über den Weg der Christen, die Schönlinge oder die Sorgenden? Damit unsereiner nicht zu sehr darüber nachdenkt, nennen sich beide „Seelsorger". Aber es sind doch zwei Arten, die Seelsorger und die Machtsorger. Warum denn soll es bei den Christen anders sein als in der Politik? als in der ganzen Welt?

Text 12

„Sein Blut komme über uns und unsere Kinder."[50] Ich las den Satz noch einmal, noch ein drittes Mal. Was hatte sich Vater gedacht, so etwas zu schreiben.
„Wie kannst du das schreiben?" Ich ging zu ihm, zeigte auf den Satz.

„Was damals gesagt wurde, weiß ich nicht. Ich war nicht dabei. Aber in unseren Tagen habe ich solche Sätze immer wieder gehört. Die Abneigung einiger Juden in unserer Stadt geht bis zu solcher Selbstverfluchung. Deshalb habe ich den Satz aufgeschrieben."
„Aber ahnst du nur, was daraus werden kann?"
„Was schon? Ich halte ihnen nur ihre eigene Borniertheit vor Augen."
Vater war kein Prophet. Was morgen oder übermorgen aus seiner Arbeit folgen würde, er konnte es nicht sehen. Man kann es naiv nennen, ich meine, es war seine Arglosigkeit.
„Schau Vater. Noch sind wir die Minderheit, uns kann man verlästern, und auch eine solche Selbstverfluchung ist eine Lästerung. Aber es kann eine Zeit kommen, in der die Machtverhältnisse sich umgedreht haben. Schon jetzt streben einige aus unseren Kreisen unverhohlen nach Macht. Und sollten sie einmal zur Macht gekommen sein, dann kann dieser Satz dazu dienen, die anderen Juden

---

[50] Mt 27,25.

185

hemmungslos zu verfolgen. Sie haben es doch selbst gewollt, wird man sagen."

„Junge, du siehst immer so schwarz. So wird es nicht kommen."

„Ach Vater, ich wollte, dass du Recht behältst. - Doch sieh: Die Feindschaft zwischen unserer Gemeinde und der Synagoge verschärft sich von Jahr zu Jahr. Der Tempel ist zerstört, sein Kult ist verschwunden. Nicht länger können wir am Versöhnungsfest einen Bock mit unseren Sünden beladen, damit er sie wegträgt. Wer wird künftig der neue Sündenbock sein, dem man alle Schuld auflädt, ehe man ihn in die Wüste schickt, wo er elend verendet.

Für die Juden ist heute die Zeit der Synagoge, des Gesetzes und eines strengen Lebens nach dem, das sie für Gottes Willen halten. Für uns ist es die Zeit der Öffnung. Unsere Gemeinde ist unser neuer Tempel und die Heiden sind nicht mehr davon ausgeschlossen. Das Gesetz der Thora weicht dem, was unsere Sprachführer das ‚Gesetz der Liebe‘ nennen. Als würde die Thora keine Liebe kennen. Wir entfernen uns Schritt für Schritt voneinander. Und eines fernen Tages werden wir womöglich Gegner sein. Gott verzeihe denen, die dann die Waffen liefern für einen Kampf, den wir alle heute nicht wollen."

Die Priesterweihe

Mai 2038, ein Donnerstag. Heute wurde Paul im Kölner Dom zusammen mit einem zweiten Kandidaten zum Priester geweiht. Mit Helen saß ich in dieser großen Kirche, etwas verloren, und erlebte, wie mein Sohn in die Hand seines Bischofs Treue und Gehorsam gelobte. Dann legte der Kardinal ihm die Hände auf, Zeichen der Herabkunft des Heiligen Geistes, so hatte ich es gelernt, mehr noch ein Zeichen, dass er nunmehr zu einer anderen Menschenart gehört, so verstehe ich das Kirchenrecht. Man nennt das unterscheidende Merkmal der Kleriker von den anderen Menschen ein unauslöschliches Prägemal, unsichtbar, doch in der katholischen Kirche höchst wirksam. Anschließend legten alle anwesenden Priester den beiden Neupriestern die Hände auf und nahmen sie damit auf in ihre klerikale Gemeinschaft. Mein Kind war Paul schon lange nicht mehr, nun war er der Sohn seines Bischofs, dem er aus freien Stücken eine Macht über sich einräumte, die er seinem irdischen Vater niemals eingeräumt hätte.

Ziellos wanderten meine Gedanken durch den Dom. Paul war also Priester, Klara war verheiratet, hatte inzwischen drei Kinder, zwei Mädchen, ein

Junge. Irmgard schien mit ihrem Beruf verheiratet zu sein, von einer anderen Ehe habe ich bisher nichts gehört. Helen und ich sind ein altes Ehepaar. Helen scheint ihre Enttäuschung über meine Abwesenheit inzwischen überwunden zu haben. Damals, als mich mein Beruf in die Türkei geführt hatte, damals hatte sie wohl mehr darunter gelitten, als sie es mir erzählen wollte. Hatte sie es Paul erzählt? War sein Weg ins Priesteramt die Strategie, mit der er es vermeiden wollte, jemals einen Menschen zu enttäuschen, der sich ihm ganz anvertraut hatte. In seinem Beruf blieb immer eine Restdistanz zu den Menschen, mit denen er es zu tun hatte, ein Rest gnädigen Wohlwollens, ein Abstand, der den Schmerz einer engen Beziehung zu vermeiden half. Auch das innigste Seelsorgegespräch endet mit einem höflichen Abschied. Nimm deine Sorgen mit und lass mir meinen zölibatären Frieden.

Der Kardinal predigte, aber meine Gedanken liefen eigene Wege. War es nicht auch meine Strategie, einen Abstand zu allen Menschen zu wahren, die mir begegneten. Ich fühlte mich von mir ertappt. Selbst mein Beruf diente als Schutz vor der Welt. Nur Helen ließ ich ganz an mich heran. Ihr Leiden war auch mein Leiden. Das erlebte ich während ihrer Krankheit. Zeigte ich es ihr? Gab ich ihr Trost? Und dann meine Enkel, sie durften meiner Seele näher rücken als andere, sie waren mein Trost, wenn mir das Alter zu einsam wurde. Es gab noch einige Freunde, mehr Gesprächspartner als Mitfühlende. Ich schätzte sie sehr, unsere gelegentlichen Treffen, aber es blieb eine Distanz. Erst der Tod würde mir zeigen, wie sehr ich sie brauchte. Aber an Tod mochte ich heute noch nicht denken.

Meine Gedanken wanderten weiter, fanden den syrischen Kodex, fanden Gedanken, die schlecht zu dem passten, was ich hier im Dom erlebte. Matthäus, das zeigte der Kodex, lies seine Mitmenschen eng an sich heran, litt unter ihnen, freute sich mit ihnen. Die Aufzeichnungen seines Sohnes zeigten einen kampflustigen alten Mann, der seine Niederlagen erlebte, der aber immer weiter kämpfte und schrieb. Die Freundschaft zu seinem Jesus machte ihn nicht zu einem Kleriker, sondern zu einem, der mitten in seiner Gemeinde stand. Matthäus hatte noch Hoffnungen. Ich sollte ihn zu meinem persönlichen Heiligen erwählen, zu meinem „Schutzpatron".

Nach der Weihehandlung gab es einen kurzen Empfang, dann fuhren Helen und ich zurück nach Bonn. Während der Fahrt sprachen wir nicht miteinander. Wir hatten beide einen Sohn abgegeben, und doch war es jeweils ein anderes Geschehen. Für mich war es der Abschied von meinem Kind, hatte es den Geschmack einer Beerdigung. Für Helen war es der Abschied von einem kleinen Buben. Nunmehr würde sie an Paul als an einen Mann denken, sie würde stolz auf ihn sein. Er war dem Thron Gottes einen großen Schritt nähergekommen, er würde nun sie beschützen.

Die Primiz

Am nächsten Sonntag feierte Paul seine Primiz, seine erste öffentliche Messe in seinem Heimatort. Der Pfarrer von Bonn hatte darauf bestanden, dass Paul sie im Bonner Münster zelebrierte. Anschließend sollte mit der ganzen Gemeinde im Kreuzgang des Münsters gefeiert werden. Hier hatte man schon lange keinen neuen Priester mehr gesehen, Pauls Primiz war für den Dechanten das klare Zeichen, dass es mit der katholischen Kirche jetzt wieder aufwärts ging, zum mindesten mit der katholischen Kirche nach seinem Geschmack, und das musste gefeiert werden.

Am Abend davor war Paul bei uns zuhause, um noch Einzelheiten zu besprechen. Helen und er hatten sich über die Kleiderfragen schnell geeinigt. Ich sollte meinen anthrazitfarbenen Zweireiher tragen, eine silbergraue Fliege, und bitte, bitte keine weißen Strümpfe. Wieso war Paul auf einmal so kleidersensibel? Sein Kardinal hatte doch bei der Weihe sogar rote Strümpfe getragen. Aber in seinem neuen Stand als Kleriker bedeuteten Kleiderfarben mehr als bunte Kleider. Helen hinwiederum würde in einem schwarzen Kleid kommen und, ich traute meinen Ohren nicht, einen schwarzen Spitzenschleier tragen. Noch gerade konnte ich eine Bemerkung über einen katholischen Tschador herunterschlucken. Aber Paul schien doch etwas bemerkt zu haben, denn nun ermahnte er mich eindringlich, mich bei seiner Primizfeier gut zu benehmen und ihm keine Peinlichkeit zu bereiten. Wie peinlich es mir war, so von meinem Sohn schon vor jeder Untat gescholten zu werden, entging ihm zum Glück.

Nun kamen Klara, Erik und die Kinder zu uns. Das enthob mich weiterer Beschimpfung. Es war herrlich. Für die Kinder, Julia, Greta und Markus, war ihr Opa der beste Mensch nach ihren Eltern, bisweilen sogar vor den Eltern, denn der Opa, also ich, schimpfte nie. Paul blieb nicht mehr lange. Es war sicherlich anstrengend für ihn zu sehen, wie meine Enkel Helen und mich liebten, mit der ganzen Frische und Herzlichkeit liebten, wie nur Kinder ihre Großeltern lieben können. Was ich arbeitete, was meine Meinung zu diesem oder jenem sei, ob ich reich oder arm sei, alles war gleich gültig, ich war ihr Großvater, und Helen war ihre Großmutter.

„Klara, wirst du morgen auch mit Schleier ins Münster gehen?"

„Paps, du spinnst. In welchem Jahrhundert lebst du?"

„War nur so eine Idee, muss nicht vertieft werden."

Diese Welt war für mich noch in Ordnung. Und ich freute mich schon jetzt auf das Gesicht von Klara, wenn sie am kommenden Tag ihre Mutter mit schwarzem Spitzenschleier sehen würde.

Der Tag der Primiz kam. Mein Sohn Paul stand im Myrtenkranz neben seinem Pfarrer am Altar der Münsterbasilika. Der Chor sang eine feierliche Messe, dem Liedzettel entnahm ich: Mozart, Missa brevis in B-Dur, der Bürgermeister war anwesend, Vertreter der wichtigsten katholischen Vereine. Man könnte sagen: Die hier nicht anwesend waren, waren wohl nicht wichtig. Der Feierlichkeit wegen wurde die Liturgie in Lateinisch zelebriert. Ich konnte es verstehen, kein Wunder bei meinem Beruf. Um mich herum gewahrte ich viel Ergriffenheit, aber nur wenig Verständnis. Latein schien aus der Mode gekommen zu sein.

Als Paul im Myrtenkranz in die Kirche einzog, zupfte mich Julia am Ärmel und fragte:
„Opa, ist Onkel Paul jetzt ein Heiliger?"
„Bestimmt!"
Die Festpredigt des Pfarrers. Ich hörte nicht immer zu, beobachtete meistens meine Enkel. Doch einiges war weder zu übersehen noch zu überhören: Da stand er, groß, die Hände vor der Brust zusammengelegt. Ich dachte an den Kodex. Ob er

unter seinem Messgewand ein sagum trägt, einen gallischen Mantel? Er aber redete von der Hingabe des Priesters, von einem Leben für die Anderen. Gott selbst will es, dass keine Gnade, kein Heil an Menschen vergeben wird außer durch die Hände seiner Priester. Solche Bedeutung hatte ich meinem Sohn nicht geben können. Vielleicht seine Mutter. Ich hörte ihn zitieren: „Selig der Schoß, der dich getragen, und die Brust, die dich gestillt hat." [51] Helen strahlte neben mir. Endlich erkannte jemand an, welch wichtigen Dienst sie geleistet hatte. Der Prediger aber fuhr fort, die Frauen zu loben, die ihre wahre Bestimmung annahmen, nämlich Mutter zu sein und nichts anderes als Mutter. Helen arbeitete schon seit langem wieder als Übersetzerin. War sie ihrer Berufung untreu geworden? Ich saß ganz still. Das Leuchten ihrer Augen verriet mir, dass das alles unwichtig war. Sie war Mutter, und zwar die Mutter dieses Priesters. Das gab ihr jetzt Bedeutung und würde ihr einst die Himmelstür öffnen.

Als ich wieder zuhörte, lobte der Prediger die Standhaftigkeit des jungen Priesters und vieler seiner Freunde gegenüber neumodischen Irrtümern in der Theologie. Manche würden am liebsten das Evangelium neu schreiben. Aber Paul war standhaft geblieben. Um mich herum gähnte Unverständnis.

---

[51] Lk 11,27.

Die Gläubigen kannten nicht den syrischen Kodex. Und hätte er präzise dagegen gepredigt, was der Sohn des Matthäus damals geschrieben hatte, das hätte diese Entdeckung aufgewertet. So blieb es bei einem allgemeinen Appell: Was alt ist, ist gut, was älter ist, ist besser. Zitierte er da den syrischen Kodex oder gehörte das zu den Grundaxiomen der Kirche? Mir war es recht so. Ganz ruhig saß ich da, nickte gelegentlich wie zur Zustimmung. Wenn sie es nicht lesen, werden sie es nicht verstehen, wenn sie es aber lesen, dann verstehen es die einen, die anderen wollen es nicht verstehen. Ich hatte keinen Einfluss darauf, hatte die alte Schrift längst in andere Hände gegeben.

Dann ging die Messe zu Ende. Nach dem allgemeinen Segen sollte der Neupriester jedem der Anwesenden einzeln den Primizsegen spenden. „Das Premiumprodukt des heutigen Tages", schoss es mir durch den Kopf. Segen ist etwas Gutes, das hatte ich oft genug erlebt. Aber wie hier durch feine Unterschiede der Segensmarkt gesteuert wurde, das lies mich doch staunen. Und ich hätte es beinahe nicht bemerkt, wie Helen aufgestanden war, nun nach vorne ging, im schwarzen Kleid, mit ihrem schwarzen Spitzenschleier, dort vor den Stufen niederkniete und als Erste den Segen des

Neupriesters empfing, ihres Sohnes Paul, der nun endgültig aufgehört hatte, ihr lieber, kleiner Bub zu sein. Als Helen in die Bank zurückkehrte, strahlte sie. Etwas Gutes hatte dieser Segen allemal.

Danach der Empfang im Kreuzgang der Münsterbasilika. Unendliches Händeschütteln. Ich sollte stolz auf meinen Sohn sein. Soviel Stolz schaffe ich noch nicht vor dem Mittagessen. Ich strahlte die Leute an, ganz der glückliche Vater, so sollte es jedenfalls aussehen. Es fiel mir nicht schwer, ihnen diese kleine Freude zu machen, ihrer kleinen Hoffnung einen Tropfen Wasser zu geben. In Antakya hatte man die Grabungsstelle verwüstet, womöglich aus den gleichen Motiven, aus denen diese lieben Leute jetzt den Primizianten feierten, dem Motiv, der Hoffnung etwas Nahrung zu geben, dass die eigene Religion schon die richtige sei und Gott die richtigen religiösen Führer gesandt hatte. Ich behielt es für mich, „Führer" hätte sie womöglich verstört.

Abends fragte ich Helen, ob ich mich gut genug benommen hätte.

„Was hast du, du benimmst dich doch immer gut."

Hatte sie die Standpauke nicht wahrgenommen, die Paul mir am Abend zuvor gehalten hatte?

Es war wieder Julia, Klaras Älteste, die mich fragte: „Opa, was ist ein Pirmisianer?"

„Julia, das Wort heißt Primiziant. Das ist ein neuer Priester, der in seiner Heimat seine erste Messe feiert. Die nennt man Primiz. Das ist so etwas wie ein nachgeholter Polterabend. Einen Polterabend kennst du doch?"

„Nein. Was ist das?"

„Hör! Wenn zwei sich ganz liebhaben und heiraten wollen, dann ..."

Julia gluckste.

„Julia, ist was?"

„Ach Opa. Als Papa mir vor einer Woche erklären wollte, wie kleine Kinder gemacht werden, fing er auch damit an: ‚Wenn zwei sich ganz liebhaben'. Aber das wusste ich schon. Du darfst es aber nicht verraten."

„Gut. Ich verrate nichts. Aber wenn die Beiden heiraten wollen, dann feiern sie das mit allen Freunden und Kollegen und Nachbarn und, und, und. Das nennt man dann den Polterabend. Denn die Leute bringen zu diesem Fest altes Porzellan mit, das werfen sie auf die Erde und wünschen dem Brautpaar Glück. Nur wird bei der Primiz kein Porzellan auf die Erde geworfen. Aber wir wünschen dem Onkel Paul viel Glück, nicht wahr."

„Opa. Die Mama wirft auch immer Teller auf die Erde. Aber der ist noch neu. Und sie schimpft dabei und wünscht kein Glück. Ist das dann auch ein Polterabend?"

„So wird es sein."

Das Gespräch mit Julia hatte mir gezeigt, dass die Erde sich weiterdrehte, egal was fromme Menschen dazu sagen würden. Die Wirklichkeit hatte mich wieder. Und meine Tochter Klara konnte mit Tellern werfen, sie hat ihr Temperament behalten. Demnächst würde ich sie einmal danach fragen. Die Antwort kannte ich jetzt schon:

„Ach Paps, manchmal ist es eben zum aus der Haut fahren."

Ob Paul ihr auch verboten hatte, auf seiner Primiz mit Tellern zu werfen? Wohl kaum. Was wusste Paul schon von der Last der Familie, der Verantwortung für die Kinder. Vielleicht waren die Priester und wir Laien doch zweierlei Menschen.

Text 13

Vater hatte mir nicht alle seine Jesus-Geschichten zum Lesen gegeben. Das wurde mir bewusst, als in der letzten Zeit einige seiner Geschichten in meiner Gemeinde vorgelesen wurden. Da war manches Neue dabei und, ich muss es sagen, auch einiges, das mich empörte.

„Sie haben heute vorgelesen, was du über Judas geschrieben hast."

„Und was meint mein Sohn dazu?"

„Du machst ihm schwere Vorwürfe, und am Ende lässt du ihn sich selbst töten. Was das für einen Juden bedeutet, weißt du?" [52]

„Er hat doch Jesus an die Priester verraten."

„Ja, das hat er. Aber in deiner Erzählung verurteilt ihn Jesus aufs schärfste, sagt, er wäre besser nie geboren worden. [53] Als menschliche Enttäuschung kann ich das verstehen. Aber wenn Jesus in Judas die Ausnahme sieht, eben jenen Menschen, den Gott nicht retten will? - Meinst du das?"

„Hätte Jesus auch dem Judas verzeihen müssen?"

Was hätte ich antworten sollen? Irgendwie behagte es mir nicht, wie unser Gespräch immer weiter zu einem Verteidigungsgespräch wurde.

---

[52] Mt 27, 5.
[53] Mt 27, 5.

„Wie du es erzählst, handelte Judas aus Geldgier. [54] Woher weißt du das?"

„Weiß das nicht jeder?"

„Könnt ihr in das Herz eines Menschen blicken?"

Vater schwieg.

„Was es aber schwierig macht: In deiner Geschichte wusste Jesus, dass Judas ihn ausliefern wollte. [55] Warum tat er nichts dagegen?"

„Was hätte er tun können?"

„Ich weiß es nicht, so aber bleibt das mulmige Gefühl, dass Jesus einerseits um den Verrat wusste und nichts dagegen tat, andererseits den Verräter scharf verurteilte. Oder anders gesagt: die Schrift musste erfüllt werden, doch die sie erfüllten, werden verurteilt."

In diesem Gespräch ging mir auf, wie in einer bestimmten Deutung der Religion Gott alles bestimmt, was geschieht, und doch den ausführenden Menschen dafür verantwortlich macht und bestraft. Nach dieser Meinung hat Gott das Verhalten eines Herrschers, dem nichts an der Freiheit der Beherrschten liegt, aber alles an der Durchführung seines Willens. War das der „Neue Weg"?

„Und dann erzählst du von der Reue des Judas."

„Ja, sollte er es nicht bereuen, dass sein Freund verurteilt wurde?"

---

[54] Mt 26, 15.
[55] Mt 26, 21.

„Er sollte es, und er sollte es desto mehr, wenn die Geschichte eine Wendung nahm, die er nicht vorhergesehen hatte. Vater, wenn er alles nur aus Habgier tat, warum sollte er es jetzt bereuen? Wenn er sich aber den Messias Israels völlig anders vorgestellt hatte, als er es nun erlebte, dann könnte er bereuen. Wie willst du das wissen? Konntest du in sein Herz sehen?"

„Nein. Und jetzt wirst du fragen, warum seine Reue nicht angenommen wurde. Ich weiß es nicht. Man erzählt sich halt, dass er sich das Leben nahm. Und so habe ich es aufgeschrieben."

In meinen Gedanken sah ich zwei Sündenböcke: Jesus, dem alle Schuld der Welt aufgeladen wurde, wie man mir erzählt hatte, der irgendwie die Schrift erfüllen musste, wie man mir auch erzählt hatte, und hatte es doch nicht erklärt. Und Judas, den sinnlosen kleinen Sündenbock, dem die Gemeinde des Neuen Weges die Schuld am Tod ihres Messias auflud, bis er darunter zusammenbrach. Meine Leute hatten aber einen Weg gefunden, auch durch einen kleinen Sündenbock wieder Sünden loszuwerden. Wie viele Verräter würden sie noch finden?

Der Sündenbock heilt die Gemeinschaft. Jesus scheint nicht auszureichen. Immer neue Böcke werden gebraucht, um immer neue Sünden zu sühnen. Zu meinem Vater konnte ich nur sagen:

„Vater, armer Vater, indem du von Judas so erzählst, gehst du den ersten Schritt, den Tod Jesu zu verkleinern."

Vater schwieg. Er hatte nicht um Geld geschrieben, er hatte seine Gemeinde nicht den Heiden ausgeliefert. Aber seine Mimik sagte, es musste geschrieben werden, aber wehe dem Menschen, der es schreibt.

Das Ende

Palliativstation

Peter Pollmann starb nicht zuhause. Als sein Blutkrebs sich verschlechterte, hatten die Ärzte ihm gesagt, dass eine Therapie bei seiner Krankheit sehr schmerzhaft wäre und doch nur sehr geringe Aussicht auf Erfolg habe. Peter hatte sich dann dafür entschieden, seinen Tod anzunehmen. Er bat nur darum, ihn keine unnötigen Schmerzen leiden zu lassen. Deshalb kam er auf die Palliativ-Station des Malteser-Krankenhauses in Bonn. Schwester Monika, eine immer lachende, sehr frauliche Altenpflegerin, betreute ihn dort. Sie erzählte:

„Professor Pollmann war ein angenehmer Patient, immer höflich, immer freundlich, also, soweit das bei seiner Krankheit noch ging. Wenn ich in der ersten Zeit morgens in sein Zimmer kam und fragte: ‚Na, wie geht's, Herr Professor?‘ dann konnte die Antwort lauten: ‚Schwester Monika, wenn Sie hereinkommen, geht es mir immer gut.‘ oder auch: ‚Oh, ich bin Herr Professor, Sie wollen doch nicht bei mir eine Examensprüfung ablegen?‘

So war er, der Herr Professor.

Aber seine Frau war auch ganz reizend. Die ersten Wochen kam sie jeden Mittag zu ihm und fütterte ihn. Danach hörten beide klassische Musik an. Die meisten Stücke kannte ich nicht, aber einige waren sehr, sehr schön. Da war eines, ein Klarinettenkonzert, wenn sie das hörten, dann mussten wir Frauen immer weinen. Es ging so zu Herzen. Ja, seine Frau war schon ein Engel.

Später dann ging das nicht mehr mit dem Füttern, das besorgte dann ich. Sie kam aber immer noch jeden Tag, und dann hörten sie seine Lieblingsmusik. Er aß kaum noch etwas. Die schweren Medikamente gegen die Schmerzen machten ihn zunehmend gefühllos für alles, was um ihn herum geschah, und sie betäubten seinen Hunger. Zum Schluss aß er eigentlich nichts mehr. Nur die Musik schenkte ihm Augenblicke der Freude trotz aller Schmerzen.

Aber wenn er Besuch bekam, besonders als seine Enkel ihn besuchten, dann konnte auch dieser verglühende alte Körper noch strahlen."

Es war zwei Wochen vor seinem Tod. Klara, Erik und seine Enkel besuchten Peter.

Julia und Greta liefen gleich zu ihrem Großvater und herzten ihn. Nur Markus blieb scheu in der Tür stehen. Der kranke Großvater in seinem Bett, die ganze Krankenhausatmosphäre, die Schwester im Krankenzimmer, all das schien ihn zu irritieren. Nicht so Greta:

„Opa, stirbst du jetzt?"

„Ja mein Schatz, ich sterbe bald."

Greta dachte sichtbar nach.

„Aber dann haben wir keinen Opa mehr."

„Doch, Greta, nur seht ihr mich nicht mehr. Aber ich werde euch sehen und gut auf euch aufpassen. Denn ich bin dann bei Gott, und dem muss ich sagen, was für liebe Enkel ich habe."

„Du bist dann bei Gott?"

Julia: „Das glaube ich nicht. Der Kevin in meiner Klasse sagt immer, es gibt gar keinen Gott."

„Sagt das der Kevin? Eines fernen Tages wird er es wissen."

Peter sah drein, als amüsiere ihn Kevins Dummheit. Ein zartes Lächeln lag auf seinem Gesicht.

Klara meinte nun, es sei genug, sie sollten den Opa nicht müde machen. Er sei sehr krank.

Greta: „Was ist das für eine Krankheit? Hast du Masern?"

Klara: „Nein, Opa hat keine Masern. Aber jetzt verstehst du diese Krankheit noch nicht. Du willst doch Ärztin werden. Dann lernst du auch diese Krankheit."

Es war alles gesagt. Sie saßen bei Peter, schwiegen, Markus bohrte in der Nase, aber dieses Mal tadelte Klara ihn nicht.

Nach einer Weile sagte Peter mit leiser Stimme: „Klara und Erik. Gebt gut auf eure Kinder acht. Zu viele wollen über sie herrschen. Nicht ihr! Helft ihnen stark zu werden."

Und nach einer Pause: „Geht jetzt, ich möchte schlafen."

Danach haben die Kinder ihn nicht mehr lebend gesehen.

Kurz vor Peters Sterben rief Schwester Monika Helen an, dass es dem Herrn Professor schlechter gehe. Und Helen rief Klara und Erik an, und dann trafen sich alle drei an Peters Sterbebett und begleiteten ihn bis zu der Tür, die vom Leben in eine andere Welt führt. Den letzten Schritt ging er allein. Und er ging ihn mit einem Ausdruck im Gesicht, als erwarte ihn hinter dieser Tür eine große Überraschung. Vielleicht traf er dort Matthäus und seinen Sohn. Sie hätten sich sicher viel zu sagen.
Lediglich Paul fehlte an seinem Sterbebett.

„Wer ist denn Paul?" fragte mich Schwester Monika nach der Beerdigung.

„Paul ist sein Sohn."

„Aber den hab ich hier nie gesehen. Ist er im Ausland?"

„Nein, er ist Vikar in einer Gemeinde im Bergischen."

„Und kam nie zu seinem Vater ins Krankenhaus?"

„Das kann schon sein. - Ich glaube, Paul hielt seinen Vater für einen ungläubigen Menschen."

„Dann hätte er hier sein sollen, als die Kinder da waren."

Für Schwester Monika war damit das Thema Paul abgehandelt. So verhielt man sich nicht, basta.

Beerdigung

Endlich vorbei. Ich habe heute meinen Vater beerdigt. Man hatte mir gesagt, das kirchliche Ritual gebe mir Halt in meiner Trauer, ich kann es nicht bestätigen, mir fehlte die Trauer. Da war nur große Langeweile, wenn ich anhören musste, welch guter Ehemann mein Vater war, welch fürsorglicher Vater seiner beiden Kinder, welch aufrechter Katholik, welch großartiger Archäologe und Sprachwissenschaftler. Sein Werk wird bestehen bleiben, auch wenn es ihn nicht mehr gibt, und was der Phrasen mehr sind. Dann sah ich, wie meine Mutter sich an diesem Lob ihres toten Mannes aufrichtete.

Auch meine Schwester schien das Bild des idealen Vaters zu trösten. Sah sie nicht, wie er war, sah sie nicht seine Abwesenheit, weil sein Beruf ihm über alles bedeutete, sah sie nicht die Einsamkeit meiner Mutter, wenn er monatelang auf Reisen war und sie alles allein entscheiden musste, ohne einen Mann, der sie stützte? Verstand sie die Not meiner Mutter nicht, wenn er dann nach Hause kam und bei allem und jedem mitreden, mitentscheiden wollte? Mein Vater, für mich ein Vorbild, es nicht so zu machen. Auch deshalb habe ich keine Frau, mein Leben gehört meiner Kirche. Vater hat das nie verstanden. Wie sollte er auch? Er lebte das Christentum eines Archäologen, dem keine

Scherbe zu gering war, seinen wachsenden Abstand von meiner Kirche zu begründen.

Dass ich ihn beerdigt habe, das geschah aus Liebe zu meiner Mutter, geschah, um meine Schwester, meinen Neffen, meine Nichten zu trösten. Das kirchliche Ritual versicherte ihnen, dass auch sein Tod einen guten Platz in der Ordnung Gottes hatte, wir nennen es Auferstehung. Ich hätte es lieber Gericht genannt. Aber am Grab hat jeder Groll zu schweigen.

War Vater noch katholisch? Vielleicht geben mir seine Aufzeichnungen eine Antwort darauf. Im Leben betonte er seine Freiheit vor Gott, was er meistens dazu benutzte, seinen Ungehorsam vor der Kirche zu verbrämen.

Als ich vorhin sein Arbeitszimmer besuchte, fand ich einen Aktenordner mit unveröffentlichtem Stoff. Er lag in einem Karton und schien Aufzeichnungen zu enthalten. Vater hat wohl Reste einer alten Schrift gefunden, fand aber keine Gelegenheit mehr, sie zu veröffentlichen. Nun baten Mutter und Klara, den Ordner zu sichten und ihnen zugänglich zu machen, wie Vater so gedacht und was er gefunden hatte. Das will ich wohl tun, doch werden sie am ehesten darin lesen, wie weit Vater sich in seinem Innern schon von aller Kirche und aller Ordnung gelöst hatte.

Im Karton lag nur noch ein Brief, an Helen und Klara adressiert, den hatte Paul eigentlich nicht öffnen wollen. Er hatte obenan gelegen, eine Scheu hielt ihn davon ab, diesen Brief zu öffnen, eine Ahnung, vielleicht eine Befürchtung. Nun nahm er ihn in die Hand. Paul schlitzte den Umschlag auf, entnahm ihm einen Bogen Papier, las. Seine Mine wurde starr. Wie Hamlet den Geist seines Vaters sah, so trat auch jetzt sein Vater vor ihn, ein Vater, den er ablehnte, und der ihn doch besser zu kennen schien, als er sich selbst eingestehen wollte.

Liebe Helen, liebe Klara,

wenn ihr diesen Brief lest, werde ich wohl tot sein. Deshalb wenige letzte Wünsche. Ich sterbe im Vertrauen auf Gott, aber ich sterbe ebenfalls im Glauben, dass die kirchlichen Diener Gottes nicht mehr in jedem Fall Gott dienen, wenn sie die Macht ihrer Institution über alles stellen. Ihr findet hier meine letzte und wichtigste Arbeit, die ich selbst nicht mehr veröffentlicht habe, vielleicht aus Furcht vor diesen Mächtigen. Ich übergebe sie euch. Vielleicht kommt eine Zeit, da es weniger Mut braucht, solches zu veröffentlichen. Vielleicht kommt aber auch eine Zeit, da andere Kräfte solche Texte verhindern werden. Auch andere Religionen gieren nach der Macht. Ihr wisst, wovon ich rede.

Also kurz: Tut mit dem Inhalt dieses Aktenordners, was euch gut scheint. Gebt ihn aber nicht dem Paul. Er hat sich längst der Macht ergeben. Ehe ihr es ihm gebt, verbrennt es, es kommt auf das Gleiche heraus. Mein Herz zieht sich zusammen, wenn ich darüber nachdenke, was ich wohl falsch gemacht habe, dass Paul so fanatisch wurde. Ich will bei Gott für ihn beten. Und auch für euch will ich beten, dass ihr gute Menschen bleiben könnt, und die Geschehnisse der

Welt euch nicht verwirren. Zu viel habe ich gesehen, was geschehen kann.

Doch ein kleines Zeichen meiner Freiheit will ich am Ende noch setzen. Kein Kleriker soll mich beerdigen, am wenigsten Paul. Meine Hoffnung geht auf Gott allein, nicht auf seinen Hofstaat. Dabei ist es mir weh um alle die Priester, die ihr Leben in treuem Dienst gelebt haben. Die meine ich nicht, wenn ich über den Klerus schimpfe. Ich meine auch nicht den Bruder Elias, den Pater Daniel. Aber wo ist die Grenze? Wo ist die Grenze zwischen Dienst und Komplizenschaft?

Liebe Helen, liebe Klara, haltet zusammen, kümmert euch. Besonders um die Kinder. Gott helfe euch.

Ihr seid mein Stolz und meine Freude.

Peter.

Paul legte den Brief zurück in den Karton. Er stand von seinem Sessel auf, ging zum Kamin, legte einige Holzspäne hinein, zündete es an. Eine kleine Flamme loderte auf, wurde größer. Paul legte Holz nach, das Feuer wuchs. Dann nahm er langsam Bogen für Bogen aus dem Aktenordner und legte ihn ins Feuer. Sein Gesicht glühte vor siegreicher Freude. Bogen für Bogen verbrannte, zuletzt der Brief. Paul ging wieder zum Sessel. Er genoss seinen Sieg über die Mächte der Unterwelt. Das Holz im Kamin knackte, als schüttele sich das Feuer in einem leisen Lachen.

Danke

Um diese Erzählung schreiben zu können, bin ich meinen akademischen Lehrern der Katholischen Theologischen Fakultät der Universität Bonn dankbar, besonders Professor Ebner, den ich leider zu wenig hören konnte. Schließlich haben die Romane von Theißen und Josten mir gezeigt, dass man auch religiöse Erörterungen in Form einer Erzählung leisten kann. Das habe ich hier versucht. Selbstverständlich bin nur ich für Inhalt und Form dieser Erzählung verantwortlich. Und, nicht zu vergessen, es ist nur eine fiktive Erzählung. Ähnlichkeiten mit realen Personen sind rein zufällig. Die Texte der Bibel sind in der Regel der Einheitsübersetzung von 2016 entnommen.

Fritz Deutsch